문학과지성 시인선 285

이슬방울
또는
얼음꽃

李太洙 詩集

문학과지성사에서 펴낸 이태수의 시집

우울한 飛翔의 꿈(1982)
물 속의 푸른 방(1986)
안 보이는 너의 손바닥 위에(1990)
꿈속의 사다리(1993)
그의 집은 둥글다(1995)
안동 시편(1997)
내 마음의 풍란(1999)

문학과지성 시인선 285
이슬방울 또는 얼음꽃

초판 발행 / 2004년 3월 12일
2쇄 발행 / 2005년 1월 10일

지은이 / 이태수
펴낸이 / 채호기
펴낸곳 / (주)문학과지성사
등록번호 / 제10-918호(1993. 12. 16)

서울 마포구 서교동 395-2(121-840)
편집/ 338)7224~5 FAX 323)4180
영업/ 338)7222~3 FAX 338)7221
홈페이지/ www.moonji.com

ⓒ (주)문학과지성사, 2004. Printed in Seoul, Korea

ISBN 89-320-1488-4

문학과지성 시인선 285

이슬방울 또는 얼음꽃

李太洙

2004

시인의 말

아홉번째 시집을 묶는다. 세상은 크게 달라지고 있으
나 '나'를 들여다보면 별로 달라지지 않고 있는 것 같다.
마음은 게걸음질 치거나 지난날로 되레 되돌아가고 싶어
하니 어쩌하랴. 하지만 이 느린 걸음으로, 때로는 거슬러
오르면서라도 꿈꿔온 길을 찾고, 이슬방울처럼 글썽이거
나 얼음꽃으로 맺혀서라도 둥근 집에 깃들일 수 있을 때
까지 가보기로 마음을 일으키기도 한다.

2004년 초봄
이태수

이슬방울 또는 얼음꽃

차례

▨ 시인의 말

제1부

이슬방울 / 9

다시 낮에 꾸는 꿈 / 10

꿈길, 어느 한낮의 / 12

둥근 집 / 14

허공 1 / 15

허공 2 / 16

무채색 1 / 17

무채색 2 / 18

오는 봄 / 20

나는 새가 될 수 없고 / 22

새였으면 좋겠어 / 23

얼음꽃 / 24

다시 얼음꽃 / 26

제2부

산길, 초록에 빨려 들다 / 31

선묘를 기리다 / 32

마음은 사막 / 34

내가 이상해졌나 봐 / 36

앞산이 걸어온다 / 37
외도(外島)에서 불현듯 / 38
즐거운 몽상 / 40
· 유등리 스치며 / 42
황사바람 / 44
유등리 / 46
하목정(霞鶩亭) / 48
물의 길 / 49

제3부
술타령 1 / 53
술타령 2 / 54
술타령 3 / 56
술타령 4 / 57
술타령 5 / 58
술타령 6 / 60
술타령 7 / 62
술타령 8 / 64
술타령 9 / 66
술타령 10 / 68
술타령 11 / 69
술타령 12 / 70

제4부
작은 새 한 마리 / 75
청량산 그늘 / 76
야생화 몇 송이 / 78

숲 속 나라 / 80

가야산에 깃들이다 / 82

솔숲 / 83

만월(滿月), 그리고 비 / 84

서녘이 타고 있다 / 86

겨울 오후, 쉬는 날 / 88

길이 너무 많아 / 90

달리다 보면 내가 느껴진다 / 92

아직도 '유리알의 시'를 / 94

황혼 / 97

제5부

달밤 / 101

허공의 휘파람 소리 / 102

회화나무 한 그루 / 104

가까스로 당신 안에서 / 106

성탄의 별 / 108

부활절 아침에 / 110

대구, 2003년 2월의 기도 / 112

이름 타령 / 114

새에게 / 116

사월의 노래 / 117

그대, 꽃잎 속의 / 118

부서지는 햇살처럼 / 119

▨ 해설 · 낮아지기와 길 찾기의 서정미학 · 최서림 / 120

제1부

이슬방울

풀잎에 맺혀 글썽이는 이슬방울
위에 뛰어내리는 햇살
위에 포개어지는 새소리, 위에
아득한 허공.

그 아래 구겨지는 구름 몇 조각
아래 몸을 비트는 소나무들
아래 무덤덤 앉아 있는 바위, 아래
자꾸만 작아지는 나.

허공에 떠도는 구름과
소나무 가지에 매달리는 새소리,
햇살들이 곤두박질하는 바위 위 풀잎에
내가 글썽이며 맺혀 있는 이슬방울.

다시 낮에 꾸는 꿈

1

물방울 속으로 들어간다.
이윽고 투명해지는 말들.

물방울 안에서 바라보면, 길들이 되돌아와
구겨진다. 발바닥 부르트도록 걷던
그 길들 너머 또 다른 길이 열린다.

알 듯도 모를 듯도 한 나날들. 아득한 곳에서
둥글게 그가 미소를 머금고 서 있다.

그렇게도 꿈꿔왔던 투명한 말들이
비로소 물방울 되어 글썽인다.
햇살은 그 위에 뒹굴다 굴러 떨어진다.

글썽이며 나는 자꾸만
남은 햇살을 끌어당긴다.

2

집을 짓는다. 남루한 세월이지만
마음만은 늘 푸른 하늘 자락을 끌어안는다.
새들이 어디론가 아득하게 날아가고
돌아올 것 같지도 않지만, 마음은 제 홀로
해종일 두리기둥을 만든다. 서까래들을 다듬고,
흙일도 하고, 방을 꾸며 도배를 한다.
사랑채도 짓는다.

자그마한 창틀로 뛰어내리는 햇살,
마음은 벌써 뒷마당을 한 바퀴 휘돌아
눈길을 멀리 창밖에 던져놓고 있다.
다시 그는 기척도 없지만, 어느새 걸어왔는지,
앞산이 우두커니 앞마당에 서 있다.
해종일 걸어온 낯익은 길들도 문득 낯설어지고
나뭇잎들이 자꾸만 땅 위에 내리고 있다.

꿈길, 어느 한낮의

꿈길에서 밀려난다. 눈을 뜨고 싶지 않다.
잠시 꿈속에서 만났던 그를 부르며
그대로 걸어간다. 몽매에도 그리던 그가
웬일인지, 한낮인데도 불 하나 밝혀 들고
저만큼 가고 있다. 뒤따라가며 불러도
뒤돌아보지 않는다. 지금 여기에서
산발치를 휘돌아 아득히 멀어진다.

봄비는 젖빛 저잣거리,
인간들 틈에서 다시 나는 작아지고
작아진다. 마침내 희미해진다. 티끌처럼
잘 보이지도 않는다. 그럴 무렵, 불현듯
느린 걸음으로 그가 되돌아온다.
잰걸음으로 내가 뛰어간다. 팔을 뻗는다.
안 깨고 싶은 이 한낮의 꿈길, 환해지는 한순간.

또다시 꿈 밖으로 떠밀린다. 한사코
눈을 뜨지 않는다. 이윽고 둥글게
가물거리는 길…… 하지만 눈뜨면 거짓말같이
그는 가뭇없다. 이 아수라장에서 나는

12

비틀거릴 수밖에 없겠지만, 낮달처럼
어쩔 수 없이 사위어가며
빈 하늘에 떠 있는 나를 바라보면서……

둥근 집

서녘에 해 기울면
길게 드러눕는 내 그림자. 무거워지는
기억들이 발뒤축에 비끄러매여
끌려온다. 서쪽으로 기우뚱하는 저 길들

해는 서산(西山) 아래 돌아가고
누워 있던 내 그림자도 가버렸다.
여기 나는 이대로 웅크리고 앉아
불콰하게 슬리는 놀을 끌어당긴다.

남은 생각들을 지우려 안간힘 쓰는 동안.
어디에서 날아왔는지, 낯선 새들이
무명(無明)을 쪼아댄다. 어두운 강 저편에서
그가 다시 돌아오고 있는지. 불현듯

환한 그 언저리. 낯익은 길들의 발자국 소리
가까워진다. 아득한 허공의 발치에서
지워질 듯 흔들리던 나의 집은 이윽고
야트막하게 둥글어지고 있다.

허공 1

밤이 오면 어둠의 이랑 사이로
그가 돌아온다. 아득한 허공,
별들은 저마다 그 깊은 곳에 매달린다.
기다리다 지쳐 겨자씨만 해진
마음 한 조각, 가물거리며 떠돌 때
그는 불현듯, 슬며시 다가와
등 두드려준다(그렇게 느껴진다).
둥글어져라, 둥글어져라, 타일러도
풍란처럼 허공에 발을 뻗으며
겨자씨보다 작아지는 이 마음을
그는 어쩌지 못하겠다는 듯,
때를 다시 기다리겠다는 듯,
어둠의 이랑 사이로 돌아가버린다.
가뭇없이 사라지는 그의 뒷모습,
별들마저 안 보이는 캄캄한 허공에
끝내 비워지지 않는 저 마음 한 조각,
이 허드레 불씨 하나.

허공 2

작아지고 작아진다.
사실은 작아지지만은 않는다.

지난밤 꿈속에서
물방울 속으로 들어갔다.
풀잎에 맺힌 이슬방울, 그 조그맣게
둥글어진 빈 곳에서 눈을 떴다.
느리지 않게 아침이 오고,
뛰어내리는 햇살이 눈부셨다.

눈을 들면 여기는
여전히 먼지바람 부는 세상,
바삐 돌아가는 사람들과
헛바퀴 돌아가는 소리. 그 속으로
자꾸만 빨려 들어가다 보면
저 망망한 허공의 점 하나.

지워버리고 싶어진다.
아무래도 지워지지는 않는다.

무채색 1

마음은 이즈음 물먹은 솜이지만
작은 새의 흰 깃털 같고 싶어.
무겁고 앞이 캄캄한 응달이지만
양지바른 담장 밑, 사금파리라도 비추는
햇살이고 싶어. 밤이 가고 나면
총총걸음으로 뛰어내리는 햇살보다는
밤이 깊을수록 영롱해지는 별빛이고 싶어.
낯익은 길을 걷고 또 걷지만
낯선 길 위에서 헤매고 싶어. 이 세상
길들과 끈들 다 놓고 풀어 막무가내
떠도는 바람, 비우고 비워내 마침내
새 길을 얻은 바람 소리이고 싶어.
그런 마음마저 지워버린 백지 한 장,
그 위에 엎드리는 무채색과도 같은
그런 마음으로 낯선 시를 빚고 싶어.

무채색 2

*
날이 갈수록 지워내고 싶어.
바닥이 보이도록 비우고 싶어.
그런 다음 보일 듯 말 듯한 점이었다가
소리도 없이 잦아들고 싶어.
지워도 비워도 안 가벼워지는
이 무명의 길 위에 번지는 빛깔과 무늬들,
뿌옇한 자취들도 죄다 떨쳐낸 뒤
허공에 들고 싶어. 그래도 마음에
풀과 나무들이 돋아나면, 그 사이를 나는
새들의 지저귐도 밀어내고,
하늘 자락에 퍼지는 무채색, 떠도는
바람 소리, 안 보이게 흐르며 펄럭이는
무채색 바람의 옷자락이고 싶어.

* *
이윽고 무채색 바람의 옷자락이었다가
그렇게 흐르며 안 보이게 펄럭이다가
다시 하늘 자락에 번지는 바람 소리.

그 소리로나 흐르고 떠돌다가
나무와 풀들도 다 시들어버린
마음의 이 허허벌판. 새들의 지저귐도
죄다 멎어버린 허공과
그 길 없는 길 위에 또다시
어김없이 번지는 무명의 무늬와 빛깔들.
무채색마저 놓아버린 이 빈손.

오는 봄

멧새들이 수다를 떤다. 나무에서 나무로
날아 앉으면서 촐싹거린다. 알았다는 듯이
나무들이 술렁거린다. 그 발치에 납작 엎드린
풀들도 막 연초록 이마를 내밀 참이다.

지난 늦가을 잎새 다 떨궜던 굴참나무들이
몸을 추스른다. 진초록 정장의
소나무 사이에서, 함께 맨몸으로 서 있는
상수리나무들 틈에서 팔을 뻗는다.

나무들은 너도나도
겨우내 뿌리로 모았던 힘을 지상으로,
하늘로 밀어 올린다. 더러는
푸른 힘으로 물을 퍼올리다 몸을
비틀기도 한다. 나도 마음까지 비틀어본다.

산자락에서 바라보면, 못물에는
탱글탱글한 햇살들. 아직은 싸하지만
나직나직 길을 재촉하는 바람이
옷자락을 흔들어댄다. 아지랑이 보일 듯한

하늘 가장자리에 낮게 떠가는 구름 몇 가닥.

물끄러미 서 있던 상수리나무들도 덩달아
깨금발로 선다. 산골짜기 개울가에는
어느새 한껏 부풀어 오른 버들강아지들이
멧새들의 수다에 화답하듯 꼬리 치고 있다.

나는 새가 될 수 없고

나는 물고기가 될 수 없고
새가 될 수 없고 허공을 날지 못하고
물속에 작은 집 한 채 짓지 못하고.
저물 무렵이나 동이 트는 시각에
빛깔 서로 다른 놀을 껴안으면서
해와 달과 별을 가슴에 묻고 돋워내면서.
나무처럼 바위같이 주저앉았거나
서 있거나 그것도 여의찮으면
돌멩이같이 뒹굴고 먼지처럼 떠돌고.
밤하늘엔 무수한 별들
날이 밝자 그 자리에 붐비는 햇발 사이로
줄을 지어 날아가는 물고기들.
물 아래 집을 짓고 그 속에
푸른 허공을 부려놓으며 끝없이 헤엄치는
새떼들의 저 푸르고 아득한 길들.
나는 물고기가 되고 새가 되고
물속에 집을 짓고 허공 깊숙이
날아오르는 꿈길마저 벗어나면서……

새였으면 좋겠어

새였으면 좋겠어. 지금의 내가 아니라
전생의 내가 아니라, 길짐승이 아니라
옥빛 하늘 아득히 날개를 퍼덕이는,
마음 가는 데로 날아오르고 내리는

새였으면 좋겠어. 때가 되면 잎을 내밀고
꽃을 터뜨리지만, 제자리에만 서 있는
나무가 아니라, 풀이 아니라, 걸을 수는 있지만
날지 못하는 지금의 내가 아니라, 몸에도
마음에도 퍼덕이는 날개를 달고 있는

새였으면 좋겠어. 그런 한 마리 새가 되어
이쪽도 없고 저쪽도 없는, 동도 서도 없이
저쪽이 이쪽이 되고, 북쪽이 남쪽이 되는
그런 세상을 한없이 드나들고 오르내리는

나는 하염없이 꿈꾸는 풀, 아니면 나무
아니면, 길짐승이나 전생의 나, 아니면
지금의 나도 아니라, 새였으면 좋겠어.
언제까지나 아득한 허공에 날개를 퍼덕이는,

얼음꽃

빈 나뭇가지에 맺힌 얼음꽃들이
이른 아침 햇살을 받고 있다.

잠을 털고 막 뛰어내리는 햇발 사이로
새들이 퍼덕이며 새 길을 트고 있다.

내 마음도 덩달아 날갯짓하다가
차고 투명하게
얼음꽃에 매달려 맺히고 있다.

간밤엔 잠이 오지 않아 뒤척였는데
천장에 올라붙은 잠이 되레 새날이 밝도록
나를 내려다보고 있는데

오늘 아침, 마을을 벗어난 눈길은
탱글탱글한 용수철 같다. 낮은 하늘에
포물선을 그리는 새의 흰 깃털 같다.

마을로 다시 돌아오는 동안에도
새들은 허공에 둥근 길을 트고 있다.

얼음꽃들이 눈부시게 햇살을 받아 되쏘고
내 마음도 거기 매달려 글썽이고 있다.

다시 얼음꽃

마음은 또 저렇게 얼음꽃으로 맺혀 있네.
팔 벌리고 서 있는 굴참나무
빈 가지에 투명하게 매달린 응어리들이
햇살 쪽으로 몸을 밀어 올리네. 어둠을 뚫고
밤새 달려온 빛을 온몸으로 되비추네.

그저께 내린 눈은 여태 산을 뒤덮어
길을 더듬어 가는 사람들이
자기 발자국들을 끌고 가거나 떨궈놓네.
산 발치에 우두커니 서서
떨쳐내도 자꾸만 간밤의 악몽은 되살아나네.

아침 햇살을 받고 있는 저 차디찬
악몽의 부스러기들. 그 반대쪽으로
가슴 내미는 내 마음은
저도 모르는 사이, 저토록 희고
맑은 얼음꽃으로 맺혀 있네. 허리 구부린
굴참나무 빈 가지들을 흔들며

햇살이 두터워질수록 완강하게 몸을 비트는

저 처참하지만 투명한 말들.
멧새들이 날아와 작은 부리로 쪼아대도,
사람들은 한결같이 눈길 주다가
감탄사 몇 개씩 던지고 가네.
내 마음 알아주는 사람 아무도 없네.

제2부

산길, 초록에 빨려 들다
──길 위의 꿈 1

산을 오르다 보면 나도 모르게
숲의 초록에 빨려 든다.
나뭇잎에 스며들어 숨을 할딱인다. 가다가
나뭇가지에 걸려 멎어 있는 구름 몇 자락,
그 사이를 오락가락하는 멧새 서너 마리.

숲은 안 보이고 나무들만 보이더니
가까스로 숲이 보이기 시작한다.
가던 길 버리고, 두 발마저 허공에 뜰 때
비로소 새 길들이 열리게 된 건지.
내가 벌써 저만큼 가고 있다.
조금 전까지도 나뭇잎에 깃들어 있었는데
나도 모르는 사이, 초록 숨을 쉬면서
길 위에서도 보이지 않던 길을 가고 있다.

나뭇가지에 걸려 잎새들이나 흔들던
구름 몇 자락, 그 등을 떠밀던 바람도
옥빛 하늘 깊이 노 저어 가고 있다.
무슨 말을 하는지, 멧새들이 재잘거려도
숲은 아랑곳없이 초록 숨을 뿜어대고 있다.

선묘를 기리다
—길 위의 꿈 2

길이 나를 끌고 간다.
내가 걸어가는 게 아니라 걸어가는 길에
내가 끌려간다. 땅거미 내려도
아랑곳하지 않는 저 길들…… 하지만
눈을 들면 아득한 허공. 길들도 거기 이르러
제 집에 든다. 이윽고 나도 그 빈터에
작은 집 한 채 짓고, 슬며시 깃들어
방구들을 짊어진다. 이따금
풍란처럼 마음의 두 발을 뻗으며
안으로 품었던 길들도 풀어 내린다.

부석사 뒷뜰, 발길 멈춰진 선묘당 앞에서
눈 감은 채 생각에 잠겨봐도
이쯤에서 언제 모든 길들을
놓아버리던 때도 있었는지 없었는지……
오늘은 해종일 길 위에서
아무 길도 못 버려 목만 태웠을 뿐,
이제야 가까스로 뜬돌 틈에 스며들어
없는 나의 선묘 생각에
바람 소리로나 떠돌 뿐. 산발치의

늙은 소나무마저 허리 구부리고 등 돌린 채
나와 제 뿌리를 번갈아 내려다보고 있다.

마음은 사막
─길 위의 꿈 3

마음이 또 낯익은 길을 나선다. 쉬지 않고,
때로는 멈추면서 숨쉬고, 숨쉬다 멎을 듯
가고 있다. 뜨거워지다가 이내 식기도 하고
식는 듯 뜨거워지면서 뭔가를
마시고 있다. 마시고 먹는가 했더니
뱉어낸다. 토하는 듯 들이켠다. 하지만

마음은 여전히 사막. 뙤약볕을 되쏘는
끝없는 모래밭이지만, 목이 타는 그 길을
연신 끌어당긴다. 한참을 그러다가
마음 비워보려고 안간힘을 쓰고 있을 때
비로소 아득한, 어쩌면 가까이 가물거리는
그 사람. 우리 사이의 이 팍팍하고 먼 길,
속절없이 아프다. 되돌아오면서
입 앙다물어보지만, 그 사람은 저만큼
가슴 가득 아리게 채워져 있다.
낮달이 이울고 새들은 낮게 날고

마음은 더더욱 사막. 지친 다리 끌고 돌아와
뜨락에 웅크리고 서 있는 남천 잎새에

이마를 비비댄다. 서녘 놀 몇 가닥
어깨에 걸친 채, 붉은 마음 가라앉히다가
주저앉는다. 하지만 이토록 깊이 그 사람을
끌어안고 싶다. 얼클어지고 싶다.

내가 이상해졌나 봐
—길 위의 꿈 4

아무래도 내가 이상해졌나 봐.
낯익은 길이 자꾸만 낯설어지고
낯선 길은 그 반대로 보이는 걸 보니
그보다도 더해졌나 봐. 좋아지려나 봐.
간밤 꿈엔 나는 물고기떼 만나고
물속 깊이 헤엄치는 새들이 보이더니
자꾸만 길 위에서 길을 잃고
집도 절도 아득하니 그럴듯해졌나 봐.
바람 소리, 뜬구름들이 마음 붙들고
길을 잃어버려 새 길이 보이는 걸 보니
나도 이젠 길을 나설 기분 탱천해도
좋을 땐가 봐. 길을 버리고
안 보이는 길 걸으며, 까마득해진 그를
다시 불러 모실 때가 온 모양인가 봐.
밖으로 난 길들 안으로 끌어들이면서
이상한 느낌 되레 마음에 차는 걸 보니.

앞산이 걸어온다
──길 위의 꿈 5

앞산이 걸어온다.
마냥 그대로 나는 서 있는데
미동도 없이 앉아 있던 앞산이 문득
뚜벅뚜벅 다가온다. 뒤돌아보면
웬일인지, 뒷산도 신발을 벗은 채
느릿느릿 걸어온다. 양말도 안 신고
발자국 소리조차 없이
저만큼 가까이 다가온다.

이즈음 집에서도 밖에서도
주눅 들고 구겨지기만 하는데
너무 구겨져 펴질 참이라서 그런지.
봉인되거나 팽개쳐져 있는 희망을
풀어주고 다시 안겨주기라도 하려는지.
알다가도 모를 듯, 모르다가도 알 듯,
앞산도 뒷산도 다가온다. 눈 감으면
더욱 가까이 걸어온다.

외도(外島)에서 불현듯
──길 위의 꿈 6

남해 거제의 작은 섬, 외도에서
뜻밖에도, 내 길 밖의 길을 꿈꾸었지.
외딴 점 속의 자그마한 점처럼 온몸으로
뜨거운 햇살을 받곤 했지. 제멋대로 부는
바닷바람에 모든 걸 패대기치거나
마음 뒤집어 들여다보기도 했지.

다람쥐 쳇바퀴 돌듯
왜 나는 그동안 낯익은 길들만 걸었는지.
길 바깥의 길을 트려는 엄두 한 번 내지 않고
안으로 엉키면서 마음 쥐어뜯기만 했는지.
가까스로 다시 마음 뒤집어
뙤약볕에 말리면서 생각에 빠질수록
수평선 너머의 큰 섬, 그 너머
뭍의 낯익은 길들 불러 지워보다가 불현듯
다른 길 걷고 싶은 파도가 휘몰아쳤지.
낯선 야생화의 발그레한 뺨에 마음 끼얹거나
동백 숲을 지나 종려나무 곁에 서서
구두코에서 애써 눈길을 떼기도 했지.
수평선 멀리 몇 가닥 낯선 길이 달리고

뭍이 아니라 큰 섬에서 더 작은 섬에 닿아
길이 막히고 안 보일 때야 정작
길 바깥의 길을 꿈꾸는 내가 느껴지기도 했지.

다시 돌아와 낯익은 길을 걸으면서
이래서는 안 되겠다고 마음 비틀어보면서도
외도에서의 그 뜻밖의 꿈들을 더듬고 있으면
내 마음의 작은 섬에는 아직도
이름도 알 수 없는 그때의 그 새 한 마리가
옥빛 하늘 아득히 날아오르고 있지.

즐거운 몽상
— 길 위의 꿈 7

이제야 내가 잘 보인다. 언제나
같은 길만 걸었으므로, 시계추처럼
오락가락하면서도 가야 할 길을 잃었으므로,
내가 잘 들여다보인다. 사실은
보이다가도 보이지 않는다. 다시 보인다.
같은 생각을 물같이 버려두었기 때문에
안 보이다가도 보인다. 안 보려고 해도 보이고
보려고 하면 보이지 않는다. 눈을 감으면
환하게 보인다. 마침내 가던 길을 버리고
생각들을 제멋대로 풀어놓는다.
물은 아래로 아래로 흐르고, 시계는
앞으로만 간다. 시곗바늘을 바라보며
뒷걸음으로 걸어간다. 옆걸음으로도 가본다.
쏘가리처럼 물길을 박차고 오르면 자꾸만
미끄러진다. 물살 때문에 생각은 뒤죽박죽
흔들린다. 뜨락의 동백나무는 올해도 어김없이
붉은 꽃잎들을 내밀고, 문득
눈발이 굵어진다. 창유리에 마음을 가져간다.
앞산이 몇 발자국 다가서다 되돌아간다.
눈발 사이로 낯익은 길들도, 낯선 길도

아득해진다. 아득하므로 하루 종일
구들장을 등에 지고 뒹구는, 내가 잘 보인다.
목마르게 길을 더듬어 가는, 내가 안 보인다.
다만 그런 내가 뚜렷하게 잘 보인다.

유등리 스치며
──길 위의 꿈 8

복사꽃 사태 났다. 팔조령 넘지 않고
그 발치의 터널을 빠져나온다.
산기슭도 그 아래 들판도 연분홍 천지다.
그 물결 겨운 채 연지(蓮池) 안은 유등을 스치며
가슴에 왜 이리 많은 불 켜지는가 했더니
그저께 기름골의 복사꽃 환한 그늘까지 따라와
어우러져 있는 게 아닌가.

뿌리 탓인지, 최서림 시인은 이곳
꽃가게에 들러도 전설 속 이서국까지
들어가게 되는 모양인데, 모처럼
마음 환히 밝혀주는 이 등불들마저 왜
자꾸만 불안하게 느껴지는지.
바람도 자건만, 이내 지고 있는 꽃잎들이
제 먼저 떠오르는 건지……

때마침 일기 예보는 황사주의보,
먼 산마루에 걸린 하늘이 차츰 찌푸린다.
뒷자리에 앉은 감성 예민한 강문숙 시인이
감탄사 사이에 '봄밤에는' 왜 울고 싶으냐는

물음을 끼워 내 등 뒤에 던진다.
내가 쓴 그 노랫말에는

  복사꽃 피어 있는 내 마음 길에
  문득문득 켜지는 불 이내 꺼지고
  남 몰래 울고 싶어라. 울고 싶어라.

라는 구절이 나오는데도
콧노래까지 부르며 다시 묻는다. 그제서야
그 옆자리에 표정 없이 앉아 있던 아내가
'저 사람, 정말 알 수 없는 사람이야'다.
꿈속에서도 복사꽃 사태 날지 모를 일이지만
글쎄, 내 마음 나도 모르기는 마찬가지다.
절정의 꽃들을 보면 환하게 아프다.

황사바람
——길 위의 꿈 9

또 황사바람이다. 며칠째
마음에도 마스크를 씌운다.
자기 눈의 들보는 안 보이게 마련,
자꾸만 구역질이 난다.
무슨 문인지, 비리의 고리인지,
날이면 날마다 열리고 불거져
끝도 그 안도 안 보인다.
안 보인다기보다 너무 많이 보여
눈앞이 막혀버린 걸까. 거기 그만큼 많은
길들이 얽혀 있고, 그 길을 가는 사람들이
이토록이나 감추고 속였다니
세상은 알다가도 모를 일, 모르다가도
기가 찰 수밖에…… 내 눈의 들보를 보려 하다가도
힘이 빠진다. 황사바람 속을 비틀비틀
걷는다. 까마귀 날자 배 떨어진 격인지,
이 바람은 아무래도 수상하다.
수상한 사람들이 많아
바람도 바다까지 건너와
몸을 섞고 있는 건지. 이젠
아랫물도 윗물같이 흐려져

강마저 엎드려 흐르지나 않을는지. 아예
안 흐르지는 않을 것인지. 지금도 무슨 문이
자꾸 열리는 동안, 황사바람은
마음 안쪽까지 들이치고 있다.
그래도 하늘을 닦으며 가는 사람들의
뒷모습을 더듬더듬 찾아 나선다.

유등리
——길 위의 꿈 10

조금 전에 스친 유등리
비에 젖은 풍경들이 차창에 어른댄다
몇 번이나 지나친 적 있는 이 마을의
낯설지 않게 조아리고 있는 집들과
허리 구부린 소나무들
물 위엔 연꽃 몇 송이 얼굴을 붉히고 있다
그 위에 낮게 내려온 하늘도 아까 그대로다
동구 밖의 아이들도 예까지 따라왔다
백미러에 잡힌 빗줄기의 나직한 빗금들 사이로
날아오르는 새들, 가던 길을 멈추고
잠시 눈 감아보면 불현듯 발자국 소리도 없이
다가선 그가 손을 내밀며 말을 건다
오랫동안 까마득했는데 이토록 가깝다니……
유등리는 그렇게 나를 끌어당겼을까
이 뜬금없지만 그윽한 오후 한때
내가 거기 깃들어 젖으면서 그와 더불어
적막을 빚고 있었으므로
그 적막 속에서 가까스로 꿈길을 트며
그 풍경을 깊이 끌어안고 있었으므로
이마 오롯이 비에 젖은 집들과

마을 어귀의 청정한 소나무들
먼 산의 숲도 나를 그윽히 바라본다
어느덧 날 저무는데도 작은 새는
빗줄기의 가늘고 낮은 빗금들 사이로
마냥 날아오르고 있다

하목정(霞鶩亭)
──길 위의 꿈 11

적막이 깊으면 흔들리기 마련인지
하목정은 안팎으로 몸살을 앓고 있다
삐걱거리는 대문을 열어주려 간신히 마중 나온
노파의 깊고 오랜 주름살 같은 적막을
새로 얽힌 길들이 무차별 포박하고
날아오르는 듯하던 추녀도 맥이 풀어져 있다
이따금 이 정자의 연원을 거슬러 오르는지
멧새들이 그리는 포물선 사이로
옛 나라님의 행차가 잠시 얼비치는 듯도 하지만
달리는 자동차 소리들이 이내 지워버린다
야트막한 산발치에 웅크리고 앉아 있는
하목정은 지난 세월을 한탄이라도 하려다
안으로 누르고 있는 건지, 표정도 없이
구겨진 채 먼지 뒤집어쓰고 있지만
사랑방 구들목만은 따스하게 피가 돈다
그 쓸쓸한 따스함으로 한참을 떠나왔는데도
낡은 액자 속의 시 몇 편도 어김없이
지난 시절의 적막을 끌어당기고 있는지
새삼 가슴을 환하게 흔들어 적시고 있다

물의 길
──길 위의 꿈 12

허공 깊숙이 날아오르던 새도 어두워지면 지상에 내려온다. 꿈속으로 들어간다. 적막을 가르며 가는 물소리. 아래로만 내리는 물은 잠을 잊은 채, 꿈길 밖의 길을 가는 걸까. 오직 꿈길일까. 쉴 사이 없이 하늘로 오르는 물은 증발됐다가도 영락없이 내려온다. 어제도 귓전을 때리던 빗소리……

누군가 물은 아름답다고 했던가. 모든 걸 받들고, 받아주고, 떠밀어주면서도 움켜쥐려 하지는 않고 놓아준다. 미루나무들은 물가에서 멋쩍게 팔을 뻗는다. 이름을 알 수 없는 작은 풀들도 그 그늘에 앉아 물을 머금은 채 꽃잎들을 밀어올린다. 새와 나비들이 이따금 날아든다.

구름은 떠돌다 야트막한 야산에 부서져 내린다. 굵은 철사같이 빗줄기로 몸을 바꾸어 무차별로 뛰어내리기도 한다. 개울물이 냇물 되고 냇물은 강으로, 강물은 바다로 떠난다. 나도 구름처럼 허공에 올라 내려다본다.

사실은 다시 내려오기 위해 위로 올라가는 꿈을 꾼다. 모든 길들을 끌어안는 물의 저 그윽한 높이와 깊이. 하지만 나는 아무 데도 깃들이지 못한다. 어두워졌는데도 물소리 언저리를 서성거리며 길을 찾는다.

제3부

술타령 1

그래그래, 아빠는 말거지란다.
여전히 먹고 나면 배고프고, 찾아 나설수록
허기지는 말을 더듬어 헤매는 말거지란다.
여태 푸성귀들만 풀풀거리는 곳간,
분리수거조차 하기 어려운 쓰레기들이
올려다보고 있을 뿐, 자랑할 것 하나 없는……
언제나 목이 칼칼한 말거지란다. 그래도
가슴에 따스한 불 하나 켜고, 그 불꽃 보듬으며
구름 잡으러 가는 바람, 바람 잡으러 가는
구름이지만, 그냥 구름이나 바람은 아니란다.
예나 지금이나 말을 찾아 부르며
식은 밥이 더욱 식는, 저 아득한 허공에
길을 트고 닦으면서 그 주인 노릇도 하지만,
내가 택한 이 길이 다른 길들보다 나아
이러고 있다고 말하고도 싶지만…… 그래그래,
이젠 클 대로 큰 아들아, 나를 바라보는 네게는
할 말이 궁색하구나. 거지 중의 상거지이니
이 곳간의 푸성귀들을 들여다보는 네게
쑥스럽고 민망하기는 마찬가지구나.

술타령 2

술의 우리말 뿌리는 '수불〔水火〕'인데
바슐라르도 '타는 물'이라고 했던가.
어둡거나 무거워 그 물불에 젖다 보면
몸도 마음도 자꾸만 붉어져
그 불꽃 속으로 들어가고 싶어진다.

눈 감고 그 속에 막무가내로 들어가 보면
그 타는 물이 나를 태우고, 내가 그 물을 태워
이윽고 재만 남을 테지. 그 잿더미 속의
새 불씨가 다시 활활 타오르는
불꽃이 될 수도 있을 테지.

물불이 타고 마침내 내가 붉게 타서
이 삐걱거리는 세상, 술 권하는 밤마다
술잔에 빠져서야 환해지는 나날들.
이 거짓말 홍수와 거꾸로 가는 세상이
다시 거꾸로 가는 날들이 오기는 올는지.

마침내 술잔 기울이면서 젖지 않고
타는 물이 나를 태우지 않아도

몸과 마음에 환한 불 켜지는 날이, 그런
세상이 오기를 꿈꾸고 기다려봐야지.
술잔 기울이며 마르고 닳도록 기다려야지.

술타령 3

타는 물을 마시고
몸과 마음 다 환해지도록 들이켜고
마침내 네 안에 들고 싶어. 파고들어
요동치며 아득해지고 싶어. 언젠가의
꿈속처럼, 그 아득한 절정에서
내 안에 너를 잡아두고 싶어.
나는 네 안에 있지만, 내 안에 네가 있는
그 불길 속에서 타고 있는 물,
그보다도 환한 불꽃으로 타오르고 싶어.
다 타버려도 식지 않는 재, 그 속에서
다시 피어오르는 불씨이고 싶어.
타는 물을 마시고 또 들이켜면서
네 안에 들어, 이윽고 내 안에 네가 있어
요동치며 아득해지고 싶어.

술타령 4

시는 언제나 소중하지만, 마음에 드는
몇 편이라도 쓰고 싶은 마음 굴뚝 같지만,
굴뚝 같고 소중한 마음과는 먼 거리에서
나의 시는 어느 하늘의 별로
떠 있는지. 달빛으로 흐르고, 날이 밝으면
어느 양지바른 담장 아래 퍼덕이는
햇살처럼 부서지기나 하고 있는지.
신기루같이, 이 마음의 사막 길을
목마르게 걷고 또 걷게만 하면서……

밤이 오고, 구겨질 대로 구겨져서
어둠과 상처나 들여다보며 기울이는
이 술잔. 차마 그 굴뚝 같은 마음 떨치지 못해
떠밀리거나 떠내려가면서, 마음은 또
불타는 물에 젖고 타오르지만, 그 불길과
물살에 흔들리며 아득해지기도 하지만,
언제쯤 이 어둠과 상처도
환한 그늘이 되고, 마음의 이 사막에
다디단 샘물로 솟아오를 수 있을는지……

술타령 5

통음해도 자세 한 번 흐트리지 않아
주선(酒仙)이라 불리었던 조지훈(趙芝薰)은
막걸리를 삼도주(三道酒)라며
밤새워 즐기셨다지요.
중니(仲尼)가 가꾼 쌀과 노담옹(老聃翁)이 만든
누룩, 실달다상인(悉達多上人)이 길어 온
샘물로 빚은 술이라는 예찬이었지요.

지난봄, 배꽃 필 무렵
고고한 풍류의 그 시인을 기리며
밤 이슥토록 마셔댄 적이 있지요.
달 밝은 창 너머엔 배꽃이 활짝 피어
저 윗대 이조년(李兆年) 할아버지의
'이화(梨花)에 월백(月白)하고……'도
귓전을 밝히고
내 이름이 이태백(李太白)과
한 자만 다르다고 부추긴 사람마저
곁에 있었으니까요. 하지만

취해도 비틀거리지 않겠다고 다짐하는

이 마음만은 헤아려주셨으면 해요.
아무리 봐도 잘못 돌아가고,
흰가루만 보여도 가슴 덜컥 내려앉는
이 풍진 세상이지만, 늘 기리는 시인의
그「지조론(志操論)」을 부둥켜안고 불 지피는
이 마음만은 헤아려주셨으면 해요.

* 중니는 공자(孔子), 노담옹은 노자(老子), 실달다상인은 석가(釋迦).

술타령 6

정신의 힘이 물질의 힘보다 강하다고 썼다가
강한 비판을 받았다. 정신이 물질을 누를 때
융성했다고 썼더니 시대를 몰라도 너무 모른다고
질타당했다. 밥이 안 되고, 날이 갈수록
명예도 되어주지 못하는 시를 쓰면서
정신이 뒷걸음질하거나 황폐해진다면 큰일이라고
말한 내가 얼마나 우습게 보였을는지…… 치사해서
그 날 밤엔 늦도록 술을 마셨다. 술이 술을 마시고
술이 나를 마셔 정신을 잃을 때까지 마셨다.
이런 푸념마저 안아주는 이 공간이 흔들리지 않고
살아남아야 한다고, 그게 우리를 지키고 높이는
길이라고 목소리 조금 높였다가 매도당했다.
문학 권력을 부추긴다고, 헌책방에서나 사 보던
그런 문예지는 없어져도 좋다고, 빠르게
세상이 달라지고 있는데, 느리게
귀신 낮밥 먹는 소리나 한다고 야단맞았다.
작아질 대로 작아진 내가 싫어서
마시고 또 마셨다. 나를 마신 술에 떠내려가면서,
사농공상의 가치관을 벗어던지지 못하는
양복 입은 양반 같아 불쌍하다는 소리에

정신이 들다가 말다가 했다. 세상이 달라져도
더디게 바뀌기로 마음먹으면서
아직도 시를 붙들고 앉아 있는 내가
잘못돼 있는 것만 같아, 숙취에서 깨어나면서는
슬프고 아팠다. 시가 씌어지지 않아 더욱 참담했다.

술타령 7

거짓말과 거짓말 사이, 패거리와
패거리 사이, 홀로 나직이 헤엄치며
거슬러 오르고 싶습니다. 오죽하면
세상 잘 모르고 알고 싶지도 않은 사람까지
이런 생각을 하겠습니까. 막무가내 세상은
그렇게 돌아가는지, 밤낮 삐걱거립니다.
패거리 지어 거짓말에 날개를 달고
붕붕 떠다니는가 하면, 몸통을 숨긴 채
깃털만 휘날리고 있는 건 아닌지……
게이트인지, 무슨 문인지
열렸다 닫혔다 꼬리에 꼬리를 무는 것도
깃털로 가려진 몸통 때문은 아닐는지……
옛말 그른 게 없다는 말이 새삼스럽지만
윗물이 맑아야 아랫물이 맑다는데
어디 한번 보세요.
요즘 물은 온통 흙탕입니다. 그렇다면
여기에서 맑은 물 타령 하는 건
세상을 잘 모르는 소리, 몰라도 한참 모르는
사람들의 몫이기만 한 걸까요.
거짓말과 거짓말 사이,

패거리와 패거리 사이가 없는
그런 세상이 언젠가 오기는 올는지,
목마르기 그지없습니다.

술타령 8

서산 마루에 지는 해가 걸릴 무렵
술 생각 절로 나니 낭패가 아닌지 몰라.
날 저물어 허전하거나 무거워지면
보고 싶은 사람과 그윽이 술잔 기울이며
마음의 길 트고 싶으니 병인지도 모르지.
오늘도 씌어지지 않는 시를 쓴다고
흰 종이 앞에 웅크리고 앉아 바래지면서
줄창 담배 연기 뿜어대고, 허공에
삐걱거리는 헛바퀴나 돌리면서……
마음이여, 너는 이 저녁
벌써 바닥난 술병같이 뒹굴기나 할 건가.
어둠의 샘처럼 퍼내도 퍼내도 차올라
캄캄해지는 요즘, 오지도 느껴지지도 않는
그를 더듬어 나서는 마음은 한결같건만
흔들리는 길들 여전히 어둠에 풀어질 뿐
죽어나는 건 술인가, 술에 먹힌 나인가.
다람쥐가 쳇바퀴를 돌리듯이, 내가 돌리는
이 목이 타는 쳇바퀴. 떠다니는 말에
떠밀려 다니다 흰 종이 앞에서는 허옇게
바래지기만 하면서, 보고 싶은 사람과

술 생각 절로 나니 낭패가 아닌지 몰라.
몇 겹의 병을 앓고 있는 중인지도 모르지.

술타령 9

술꾼들은 버릇처럼 술타령이지요.
슬퍼서 한잔, 기뻐서 한잔,
괴롭거나 심심할 때도 한잔. 하지만
한잔은 그냥 한 잔이 아니지요.
젖거나 절어서는 슬픔과 괴로움도
티끌, 기쁨도 한낱 먼지알 되어
담배 연기 뒤로 숨지요.
부풀고 부풀다가 이쪽도 저쪽도
아득해지는 꿈속과 같아
끌려 다니거나 떠내려갈 때도 있지요.
요즘은 바람 잘 날이 없고
시절이 하도 수상해
밤낮없이 마시고 비틀거릴 구실들이
구를수록 커지는 눈덩이가 되지요.
만나서 한잔, 헤어지면서 한잔,
울화가 치밀어도 거푸 잔을 기울이지만
어디 그뿐인가요. 무너질 대로 무너져
이토록 비어 있거나
간절한 마음 가누고 채우기 어려울 땐
왜 가라앉기만 하지요.

밑도 끝도 없이 마시고 마셔도
술잔 언저리만 맴돌고 있지요. 맴돌면서
꿈꾸는 마음은 밑 빠진 독이지요.

술타령 10

　오래전, 시인 박용래는 동학사 가까운 술집에서 눈물을 도무지 가누지 못하더군요. 산골짜기 흥건히 적시는 개구리 울음소리에 박자나 장단이라도 맞추듯 막무가내, 빌려준 손수건까지 흠뻑 다 적시더라구요. 말리면 말릴수록 절실해지고, 잠자코 기다리면 소강상태였지만, 무려 몇 시간이나 그랬는지 아세요.

　그러나 그다음이 더 문제더군요. 밤 이슥해 잠자리에 들었는데, 잠은커녕 내 몸까지 짓이기는 바람에 견디다 못해 화를 벌컥 낸 뒤 샤워를 하고 돌아오니, 정말이지, 그게 뭡니까. 거울을 들여다보면서 애타게 자기 이름을 부르고 있더라구요. 불러도 불러도 어디 대답할 턱이 있겠어요.

　그때도 짐작은 했지만, 새삼 그는 천상 시인이라는 느낌이 들어요. 술에 젖으면 잃어버린 자신이 더욱 절실해지고, 그때 자기를 찾아 헤매면서 그 분신인 시까지 길어 올리니까요. 그의 시는 그래서 언제나 아름답게 젖어 있고, 뚜렷하게 그의 모습을 드러내 보여, 잘 익은 술처럼 우리를 흥건하게 적셔주는 게 아닐는지요.

술타령 11
──아우 경수에게

술 바깥 세상에 내리는 비,
그 첫 봄비가 그윽하고 풋풋하다고?
깊고 푸른 눈물 속, 가난한 사람들에게
헐벗은 사랑 편지 푸릇푸릇 부치고 싶다고?

그래, 그 나지막한 봄비의 전언을,
말 줄인 말의 사연과 그 행간의 의미들도
짚어낼 수가 있지. 실은 네 술 바깥 세상의
그 풋풋한 봄소식을 얼마나 기다려 왔는지.
기다리다 지쳐 있었는지…… 네가 아직은
미처 부치지 못한 편지의 그 헐벗은 사랑을
미리 훔쳐보고, 술잔을 또 얼마나 기울였는지.
아릿한 이 세상에서 저 먼 듯 가까운 창밖의
그윽하고 풋풋한, 봄비 내리는
풍경을 끌어안고 있는지.

이제야 네 술 바깥 세상의 봄비에 젖으며
막 벙그는 꽃잎들을 끌어안으면서,
가난하지만 깊고 푸른 네 눈물 속 사연들을
내 술 안의 세상, 푸른 언덕에 불러 앉히면서……

술타령 12
— 어머니께

돌아가신 어머니는 일찍이
나는 물가에 외롭게 서 있을 팔자라고,
함부로 섞이지 않는 학처럼 그렇게
살아가야 한다고, 때로는 낭패 볼 수 있으니
마음이 가는 데로만 걸어가라고,
주위에 사람은 적지 않지만 거의 없고
없는 것 같지만 그윽하니 괜한 걱정은 말고
구태여 사람을 모으지는 말라고,
머리털 검은 짐승은 가까이 하면 할수록
해코지하니 늘 일정한 거리를 두는 게 좋다고,
사람을 너무 좋아해 걱정이라며
어떤 경우에도 엎어지지는 말고, 한결같이
걷고, 뛰고, 누울 자리도 잘 가리라고,
아무리 그래도 산 입에 거미줄 안 친다며
그래야만 내가 나다울 수 있다고……

하지만 어머니, 얼마 전에도
등 돌린 사람 때문에 아팠습니다. 만남마저
후회했습니다. 그저께는 믿은 도끼에 발등 찍히고,
사람들 틈에서 어제는 상처받았습니다.

오늘도 며칠째 황사바람 부는 강가에 서면
이토록 사람들이 그리우니 어쩌면 좋지요?
강가에서 유유자적하던 학이 날아가버렸는데
미워하는 마음도 문득문득 고개 드니
이 낭패를 진정 어쩌면 좋을는지요?

제4부

작은 새 한 마리

꿈속에서 몇 번 만난 듯도 한
작은 새 한 마리, 내게로 날아왔다.
흙비 내리다 멎은 오후 한때, 황사바람은
막무가내로 산발치의 벚꽃들을 떨쳐내지만
아랑곳하지 않고 하늘의 비단 자락에
옥구슬을 굴리고 있다. 한동안 날개를 접고
구슬 구르는 소리와 비단 자락에 감싸이더니
허공에 걸어두었던 길들마저 죄다
땅 위에 내려놓았다. 가지런하지만
끝내 내가 걸어갈 수 없는 저 아득한 길……
벚나무들은 완강하게 물을 길어 올리면서도
어이없다는 듯, 어쩌면 너무나 당연하다는 듯,
제 발치에 붐비며 흩날리는 꽃잎들을
내려다보고 있다. 눈을 감고
마음 지그시 누르면 더욱 뚜렷하게 보이는
저 작은 새의 날갯짓. 황사 사이
풋풋한 햇살들만 쪼아 물고 날라다 주는,
내 마음 흐릿한 유리창을
이토록 서럽게 닦아주기도 하는……

청량산 그늘

비단 자락 같은 물줄기 두른
청량산, 그 발치 바위 병풍 모서리에
귀를 가져간다. 먼 하늘로 노 저어 가는
구름 몇 가닥, 못 이긴 척, 기다렸다는 듯,
늙은 소나무 가지에 걸려 있다.
어디서 날아왔는지, 목이 긴 왜가리 한 마리
포물선을 그리다 물 위에 내려앉는다.
순간, 둥글게 퍼지는 물무늬 위로
발을 오그렸다 폈다 하는 햇살들이 포개진다.
언젠가, 어느 낡은 책에서 본 듯도 한
눈빛 형형한 한 선비가 도포 자락 펄럭이며
산모롱이를 휘돌아 간다. 잠시
얼비치다 물러서는 그의 뒷모습. 그제서야
어떤 햇살은 빗금을 긋는가 하더니
다시 미역을 감고 있다. 늦은 오후의
햇살을 온몸으로 받아들이며 걷는 동안
마냥 그대로 앉아 있는 청량산, 그늘에는
한 선비가 소요하던 시간들이
저토록 퍼렇게 되살아나고 있다.
오산당으로 가는 오르막길은

잡목 숲 사이로 펴졌다 접혔다 다시 펴진다.
그래도 마음만은 제 먼저 종종걸음,
따라가 봐도 여전히 내 눈길은
구두코에 묶여 되비치는 햇살과
한동안 몸을 섞고 있다.

야생화 몇 송이

멧새들이 몰려와 새 둥지를 튼다.
산불이 비끼어 휩쓸고 간 산골짜기,
무사한 나무들과 풀잎 사이로
햇빛이 탱글탱글 뛰어다닌다. 바람은 여태
매캐한 화근내를 묻히고 쏘다니다
희미한 오솔길을 벗어난다.
풀잎들을 흔든다.

산토끼와 오소리들도 줄행랑치던 어느 하루
가까운 하늘도 불바다, 연기바다였는데
산등성이와 이 골짜기에는 다시
설레는 초록의 숨결. 나무와 풀들의
안으로 끝없이 폭발하는 저 생명력.

어제 모처럼 내린 비로
화상 입은 자리가 쓰리고 가려운지,
가까운 산들도 숯검정이 몸을 비튼다.
언제, 무슨 일이 있었느냐는 듯이
깨금발로 서 있는 하늘, 그 아래
몇 가닥 구름을 흘려보내는

못물도 찰랑대고 있다.

이따금 지나치는 멧새들이
저희끼리 귀엣말로 재잘거린다.
나무와 나무, 풀잎과 풀잎 사이로 스치는
무심한 바람 소리. 바위틈에서
저만큼 뜨거운 야생화 몇 송이,
그 자그마한 꽃잎들이 밝혀주는
산그늘의 환한 언저리.

숲 속 나라

장마 그치고, 눅눅하던 숲이
푸른 입김 뿜어낸다. 나무들 발치에
모여 앉아 있는 야생화의 상기된 얼굴들.
막 뛰어내린 햇살들이 그 위에 가볍게
미끄러진다. 튕겨져 오른다.

멧새들도 나무와 나무 사이, 잎새와
잎새들 사이로 날아오르고 내린다. 이따금
누군가가 연주하는 앙징스런 악기처럼,
악기를 켜는 꼬마 악사들처럼 칼칼하게
숲을 흔들어 깨운다. 하지만

세상은 여전히 거짓과 거짓 사이,
참말이 주눅 들고, 눅눅한 거짓말들만
판을 치겠지. 되레 높은 소리들이겠지. 차츰
햇살은 따가운데, 저 콘크리트 숲 속으로
내려가는 길들은 여전히 손사래 칠 뿐,

이 숲의 푸른 숨결과 얼굴 발그레
상기된 야생화들, 그 위에 따끈하게

내리는 햇살이 좋다. 악기 같고 악사 같은
멧새들이 이쁘다. 비 갠 뒤, 오직 푸르고
낮게 어우러진 숲 속 나라가 따스하다.

가야산에 깃들이다
——배창환 시인에게

저문 날, 가야산에 깃들이면
저물어도 저물지 않는 생각 하나 환하네.
꿈에도 낯선 땅 그 어디에서도
잡초더미로는 눕지 않고, 여기 올라
눈가루로 흩어지리라던 그 말이
희다 못해 붉게 가슴에 젖어 오네.
어김없이 새봄이 돌아왔는데,
작고 풋풋한 것으로 다시 오리라던 그 마음
산기슭을 풋풋하게 뒤덮고 있네.
이곳에 깃들어보아도 내겐 여전히 낯설지만
그 생각의 무늬들만은 낯이 익어 환해지네.
돌에 새길 시 한 편 여태 아득하고
갈 길 찾지 못한 채 떠도는 내게는
아무것도 남기지 않고 오로지 돌에
시만 새기겠다는, 삶을 그쯤에서 끝내겠다는,
그 말이 먼먼 메아리로 물러서기만 하네.
그러므로 내게는 아직도
견디는 게 아름다움일까. 견디는 것만이
마침내 힘이 되어줄 수 있을 것인가.

솔숲

한여름 한낮, 솔숲 그늘에 든다.
나무 등걸에 기대앉아 미끄럼을 타듯
초록 속으로 빨려 들어간다. 꿈결인 듯
아닌 듯, 물소리가 따라 들어온다.
새소리, 바람 소리도 그 위에 실린다.

눈을 떠보면, 누군가
푸른 물감 넉넉하게 풀어놓은 하늘에
구름 몇 점 노를 젓다 나뭇가지에 걸린다.
바람 소리, 나직한 산골짜기의 새소리,
물소리도 거기 매달려 함께 흔들린다.

밀어내고 지우려 해도 달라붙는 잠,
불볕은 맨발로 뛰어내리지만
그 속살은 왜 이리 결 고운 잠옷 같은지,
솔숲 그늘에 들면 마음은 밑도 끝도 없이
초록 꿈길, 그 안 비탈 서늘한 그늘에 눕는다.

만월(滿月), 그리고 비
──허형만 시인에게

1

내가 떠난 물도리 마을에
달빛도 오지게 풀어지더라고.
계곡을 감싸쥐고 흐르는 물, 그 어디쯤
빈 수레 끌고 가는 내 헛웃음 소리를
들었다고…… 나는 그 무렵
어디에 있었을까. 어디로 떠나면서 나를
부르고 있었을까. 메아리도 없는 헛웃음,
바퀴 소리 투덜대는 빈 수레를 끌면서
어디로 간다고 가고 있었을까. 자주자주
먼지바람 부는 이 지상에서
다만 하나의 먼지알처럼,
보름밤의 한 가닥 바람 소리처럼,

2

비 잠시 그친 뒤, 가까스로
한나절 퍼붓던 빗소리 벗어나
아픔의 껍질과 그리움의 속내
벗기는 벗었는지, 훠이훠이 좋아라

청산 앞에서 노닥거리는 한 사나이의
뒷모습, 그 주위를 날고 있는
잠자리떼도 좀 보아. 아무렴 좋고 좋지.
하늘은 아청빛, 마음도 쾌청.

하지만 여기는 여전히 비 퍼붓고
된장잠자리 노란잠자리
날개띠잠자리도 보이지 않는
어둑한 한낮. 청산은 뒷걸음질할 뿐,
길 위에서도 자꾸만 길을 잃는 나는
마음만이라도 한동안 목포행,
비 잠시 그친 뒤의 그 풍경 속에
느릿느릿 깃들이어보기도 하지.

서녘이 타고 있다

서녘이 붉게 탄다.
새들은 노을 속으로 날아오르고
나뭇잎들은 손을 풀고 땅 위로 내린다.
간간이 적막을 가르는 바람 소리가
벗은 나뭇가지들을 감싸 안는다. 속절도 없이
나는 그 풍경 안켠에 마음 부려놓으며
멀거니 바라보다가 다가서서 들여다본다.

아무래도 세상은 거꾸로 돌아가고,
뒷걸음이나 게걸음으로 가고 있는 것 같아
참담하다. 이 적막은 그 말을 은밀히
들려주고 있는 건지. 눈 비비며 들여다보고
뒤집어 생각해봐도 마냥 그대로다. 아예
주눅 들어서인지, 저 높고 낮은 집들은
표정도 없는 불들을 내걸고 있다.
그 위를 짓누르는 뿌윰한 하늘 자락엔
수상한 기호들이 얽히고설켜 있는 것만 같다.

이쯤에서 다시 바라보면 어김없이
빈 나뭇가지에 두둥실 걸리는 둥근 달,

별들도 따스하게 서로 이마 조아리며
모이거나 흩어져 앉아 있다. 겨울이 오고 다시
가버리면 봄도 돌아오련만, 흰 가루 한 숟갈에도
화들짝 놀라는, 이 뜬금없는 공포의 그림자들을
적막은 안간힘으로 끌어안고 있는 건지,
서녘은 아직도 저토록 붉게 타고 있다.

겨울 오후, 쉬는 날

미뤘던 잠을 잤다. 퍼붓는 잠에
무릎까지 푹푹 잠겼다. 이따금
그 밖으로 밀려나도 이불을 뒤집어썼다.
잠부스러기들마저 끌어당기며
꿈속에서도 잠을 잤다. 얼마나 헤맸는지,
도대체 꿈속에서 청기와집을 몇 채나 지었는지……
창가에 어른거리는 벤자민과
고무나무 그늘들을 보면 느낄 수 있다.

가까스로 느껴지지만 잘 알 수는 없다.
비몽사몽, 아침을 지나 늦은 오후까지
잠 사이를 오락가락하며 태엽이 풀려 있는 동안
쳇바퀴를 돌리다 쉬는 다람쥐처럼
멈춰 있는 사이, 함박눈이 내렸다.
모두 나가버리고 혼자 남은
빈집엔 시곗바늘만 제 홀로 돌아간다.

사방 벽의 책들이 물끄러미 나를 바라본다.
베란다의 난초들, 벽에 매달려 발을 뻗는
풍란 몇 포기, 숨결이 고르다.

동장군이 창유리를 스치고 창틀을 흔들어대도
눈싸움하는 아이들 떠드는 소리, 눈길에
손수레를 밀고 가는 채소 장수의 확성기 소리가
유난히 따스하다. 콧마루가 찡해진다.

길이 너무 많아

길이 많아, 너무 많은 길 위에서
길을 잃는다. 눈 비비고 보아도 안 보여
비틀거린다. 붙들어도 마냥 달리고
달리면서도 멈춰 서는 저 길들…… 언젠가는
다다르고 싶은, 아득한 집, 꿈결 같은 방과
햇살 퍼덕이며 뛰어내리는
창 하나 끌어당겨 꿈꾸고 싶다.

길은 가다 서다 뒤돌아보지 않고 달린다.
얽히고설킨 발자국들과 거기 담긴 먼지들만
되돌아온다. 며칠째 풀들은 기죽은 듯,
느릿느릿, 황사 뒤집어쓴 채 엎드린다.
나무들도 덩달아 주저앉거나 허리를 구부린다.
불콰하게 중얼거리는 서녘, 풀잎들도
제 먼저 돌아앉으며 어둠을 껴입는다.

날이 저물자, 새들은 허공의 길들
구부려 안은 채 나뭇가지에 걸린 제 둥지에
깃들인다. 어두워져도 여전히 길이 많아,
너무 많은 길 위에서 길을 버린다.

별빛 쏟아지는 나의 집, 꿈결 같은 방과 창 하나,
그 길들 죄다 끌어당긴다. 그런데도 나는 여태
그 바깥에서만 밑도 끝도 없이 꿈을 꾼다.

달리다 보면 내가 느껴진다

달리다 보면 내가 느껴진다.
턱까지 차오른 숨이, 발바닥의 물집들이
나를 들여다보게 한다. 뒤꿈치의
쓰라림과 막힐 듯한 들숨 날숨이
나를 일으켜 세운다. 비틀거리게 한다.

잊고 있었던 내 목숨의 바다, 그 언저리
바위에 부딪혀서 부서지는 포말들……

내가 내 몸을 뒤집어쓰고, 그 속에
내가 갇혀 있다는 사실을 일깨운다. 다시
내가 내 몸무게를 가까스로 지탱하면서
지나온 길들과 이르지 못한 길들을 떠올린다.

달리면 달릴수록 내가 내 몸 속에
잦아든다. 물집이 터진 뒤꿈치, 숨이 찰수록

내가 환히 들여다보인다. 내가 내 몸을
내려다보고 올려다본다. 멈춰 있거나
느리게 걷고 있을 때는 미처 느끼지 못했던

내가 뚜렷하게 느껴진다. 계속 달리면서는
길 잃은 내 모습이 뼈저리게 들여다보인다.

아직도 '유리알의 시'를
——최서림 시인에게

1

붙잡으려 하면 달아나고, 달아나려 하면
붙잡고 싶어지지. 비워내면 뭔가
채워질 것 같지만, 채우려 하면 비워지기만 해,
이즈음은 그 길모퉁이에서 기다리곤 하지.
시를 쓰려 하지 않고 길손처럼 찾아오기를
기다리지. 그래도 오지 않으면 이곳저곳
길을 헤매기도 하지. 때로는 길을 잃고
가까스로 빈손으로 더듬어 되돌아와 보면
조무래기 말들이 실눈을 뜨고 기다릴 때도 있지.
내 안에 흐릿하게 나 있는 몇 가닥 길,
조무래기 말들과 함께 그 길을 걸어보기도 하지만
이내 시들해져 죄다 버릴 때가 적지 않지.
그래도 남는 건 주워 모아 시를 만들고,
그 시시한 시를 읽다가 더 시시해져버려
모든 걸 비워내고 싶어질 때가 많지. 이즈음은
비워내도 채워지지 않아 마음 상하고
상한 마음만 온통 가득 차올라, 마치 꽉 찬
빈 깡통 같아. 붙잡으려 해도 잡히는 게 없어
닭 쫓던 개처럼 먼 지붕만 쳐다볼 때도 있지.

그래도 기다리고 기다리는 내 모습이 언제쯤
달라질 수 있을는지. 오직 그때를 기다려
자꾸만 비우고, 채우고, 비우고 있지.
붙잡지도 않고, 장자(莊子)의 우화를 걸어나오는
장주(莊周)처럼 '나비의 꿈'을 더듬어
그 언저리를 오락가락 헤맬 때도 있지.

2

하지만 오래전처럼 여전히
'유리알의 시'를 꿈꾸기도 하지.
부드러운 힘 안으로 안으며 무르익어
건드리면 부서질 듯 투명하고 아름다운,
빈 듯 그득하고 속이 차서 터질 것만 같은……
밤하늘의 별, 개울에 흘러가는 물소리 같은,
어둠이 아니라 어두울수록 더욱 영롱한,
마음 가난한 이웃과 서러운 내 누이의 창에
조그만 촛불이 되어주는 시,
들꽃처럼 호젓이 학처럼 고고하게,
하지만 다정하고 낮게 스며드는,

발바닥까지 하늘로 밀어 올려주는,
어둠을 흔들어 깨우며 불빛이 되는,
이윽고는 나의 따뜻한 무덤이 되어줄
그런 시, '유리알의 시'를 기다리면서
더듬어 목말라 하기도 하지.
낯선 서정 길어 올리려 떠나는 그 발길에
새 길이 트이고, 그 길이 환해지기를, 나도 함께
그 길을 느긋하고 넉넉하게 걸을 수 있기를……

황혼

나무들이 등을 구부린다.
해는 서산마루에 걸리고
빈 나뭇가지들 사이로
짧게 포물선을 그리는 몇 마리의 새.

해가 넘어간다. 다시 어김없이
붉게 타오르는 서녘,
저토록 목마른 새들이 짝을 지어
노을을 가로질러 날아간다.

나무들은 등을 더 구부린다.
그 아래 우두커니 서서 눈 감으면
느린 걸음으로 그가 돌아온다,
다가가보면 여전히 앞이 캄캄하다.

제5부

달밤

발을 헛디딘 달, 어둑한 구름 사이로 둥근 얼굴 내미는 그 뒤를 따라나섰지. 낯선 별들과 내 그림자를 끌어당기려 해도 자꾸만 발을 헛디디면서,

어둠 짙어질수록 아득하게 빛나는 별들. 길들은 자꾸만 물러섰지. 알았다는 듯이 바람은 잎새 가득 단 나무들을 흔들고, 내 옷자락도 흔들어댔지.

그때마다 달은 절반 또는 그 이상 얼굴 가린 채 나를 내려다보고 있었지. 내 그림자도 지워질 듯 드러누워 달과 나를 올려다보았지. 그럴 수밖에 없을 거라는 생각을 하면서

물러서는 길을 잡으려 안간힘 써도, 낯선 별들과 내 그림자를 끌어안아도 헛손질이었지. 어깨 겯고 서 있는 나무들과 꽃잎을 이고 앉아 있는 들풀들. 아무도

눈여겨봐주지 않아도 마냥 그대로, 발을 헛디딘 달과 그 뒤를 따라가는 나도 그냥 그대로, 이 세상 헛바퀴나 돌리면서, 마냥 그렇게 떠돌면서.

허공의 휘파람 소리

길을 걷다가 또 가야 할 길을 잃는다.
상한 마음 아무 데나 부려놓고
누가 이 한낮, 우두커니 길가에 서서
휘파람이나 불고 있는지.
세월 저 너머의 강물 소리도
뒤섞여 귓전을 흔든다.

그래, 이젠 알 수 있을 것도 같아.
사실은 어디로 가고 있는지도 모르고
가고 있는 저 구름, 바람과
물이 가는 소리 따라나서며
나뭇잎들이 흩날린다.

길을 잃고 어깨 떨어뜨린 내 발길에
채이는 돌부리들. 상해서 부려놨던 마음
다시 뒤집어 안은 채 걷고 또 걷는다.
이 한낮, 가야 할 길은 안 보이지만

허공에 뜬 누군가의 저 쓸쓸한
휘파람 소리. 지난 세월이 아니라

다가서는 시간의 어둠 속을
징검다리 건너듯 후들거리는 발걸음을
내디디면서, 강물 소리에 귀 모으고
목이나 태우면서, 마음은 정처도 없이.

회화나무 한 그루

이 세상 한가운데 서 있는
회화나무 한 그루 우람합니다.
비바람과 눈보라와 계절의 변화에도
한결같이 홀로 우뚝합니다.
굳건한 뿌리 이 땅에 내리며
옥빛 하늘 끌어당기는 그 언저리의
넓고 깊은 그늘이 푸르고 그윽합니다.
깃꼴 겹잎, 밑동이 둥근 잎새들은
싱그러운 바람과 공기를 뿜어내고,
가지 속으로 찾아든 새들은 저마다
둥지를 틉니다. 목마른 길 위의
나그네들도 그 그늘에 깃들이며
푸르러집니다. 따스해집니다.
회화나무 한 그루 풋풋하고 당당하게
생명과 사랑의 기운을 뿌리면서
마침내 옥빛 하늘에 이르는 먼 길을
가리키고 엽니다. 그 열리는 길 위엔
해와 달이 둥그렇게 뜨고, 날 저물면
어김없이 별빛이 영롱합니다.
봄 여름 가을 겨울 없이 제자리에서

푸르고 그윽한 회화나무 향기는
날로 아득하게 높고 깊어집니다.

가까스로 당신 안에서

자그마한 풀꽃 한 송이 들여다보아도
부끄럽습니다. 이른 아침, 꽃잎에 맺혀
둥글게 글썽이며 햇살을 되비추는 물방울,
그 작디작지만 맑고 투명한 글썽임이
더욱 부끄럽게 만듭니다. 나는 가까스로
들숨 날숨, 당신 안에서 이마를 조아립니다.

한때는 날아오르는 꿈을 꿨습니다. 그 꿈속에
사닥다리를 놓고 오르기도 했습니다.
사닥다리 끝에서는 다시 내려와야 했고
날아오르려 할수록 깊이 떨어져내렸습니다.

그다음의 길은 내려가기였습니다.
더 내릴 수 없을 때까지 내려가고, 심지어
깊은 물 속에 나만의 집을 짓고 방을 만들어
아득하게 푸른 창을 내려고도 했습니다.

또 한때는 올라가다 내려가고, 내려가다가는
오르는 길을 찾아 헤맸습니다. 올라가려 해도,
아무리 내려가보아도, 길은 안 보였습니다.

길은 있어도 눈이 어두워 보이지 않았습니다.

하지만 이제야 느끼고 있습니다. 마음 낮추고
오직 당신 안에서 무릎을 꿇습니다.
한 송이 풀꽃이 피워 올리는 생명의 불꽃,
그 언저리에서 둥글게 글썽이는 물방울의
햇살 되비추기에도 얼마나 눈물겨운지,
얼마나 넉넉한 당신 품 안인지, 깨닫고 있습니다.

성탄의 별

하늘에 빛나는 별 하나 뜨더니
먼 베들레헴의 말구유와 그 언저리를 밝히고
빈 벌판을 헤매는 사람들과
주먹 풀고 무겁게 자기 가슴이나 치는 사람들의
흔들리는 마음을 밝혀주고

그 큰 별 하나 유난히 빛나더니
우리 앞에 우리의 모습으로 내려오신 하느님,
아기 예수와 그 앞에 조아리며 조배하는
이마 넓고 푸른 목자와
어린 양떼의 가슴마다 불을 달아주고

유난히 큰 별 하나 한결같이 떠서
딸꾹질 자주 하는 한반도의
헐벗고 버림받고 병든 우리 이웃들의 영혼 깊숙이
구원의 빛과 소금, 사랑의 말씀들을
가득가득 안겨주고, 채워주고

그 큰 별 하나 여태 환하게 빛을 뿌리며
가위눌리고 이지러진 우리의 꿈에

새 날개를 돋아나게 하고, 이제야 둥글고 따스한
세상, 오로지 생명과 사랑의 나라로 트인 길을
그리스도와 함께 나아가게 하고

언제나 저 큰 별 하나 찬연하게 떠서
아득한 하느님의 나라, 그 은총의 말씀들은
온 누리를 환하게 비추면서, 식지 않는 사랑을
노래하게 하고, 여기 이렇게 낮게 낮게 조아려
조배하는 우리를 거듭 태어나게 하고……

부활절 아침에

적막한 동산, 그 참담한 어둠 속
웬일이었을까. 빈 무덤 앞에서
사람들은 놀랄 수밖에 없었네.
거룩한 주검에 바르려 가져온 향유,
눈을 뜨고도 한 치 앞을 깊이 볼 수 없는
사람들의 어리석음은 더더욱
내려놓을 곳이 없었네. 아나스타시스.

천 근 같은 마음, 깊은 한숨과
벼랑으로 굴러 내리던 눈물도
부질없었네. 부끄럽기 이를 데 없었네.
아, 거기 서 계신 그분, 그 아득함.
희미한 눈, 꼬집으면 아픈 몸 어느 부분도
둘 곳이 어디인지, 정말 어쩔 줄
모를 수밖에 없었네. 아나스타시스.

갈보리에서, 그 십자가 앞에서
모든 게 무너져버린 줄 알았는데,
절망도 그 끝이 환히 보이는 것 같았는데,
어리석기 이를 데 없었네.

110

죽음을 이기신 그분. 그 높으심.
가시관 너머의 눈부신 황금 햇살, 이윽고
이슬 영롱하던 그 동산. 아나스타시스.

그 날 그 아침, 진정, 그분은
그렇게 오셨네. 무덤에서 세상으로,
우리를 다시 새로이 깊이 끌어안으려
이 낮은 곳으로 다시 오셨네.
그 빛은 날이 갈수록 눈부시고 거룩하네.
'울지 마라. 나이니라'는 말씀,
이 아침, 아직도 캄캄한 우리에게
비로소 더욱 맑게 들리네. 아나스타시스.

대구, 2003년 2월의 기도

　—엄마, 지하철에 불이 났어. 숨이 차서
더 통화를 못하겠어. 엄마 사랑해.
　—여보, 연기와 어둠 때문에 앞이 안 보여요.
　—어머니, 아이들 잘 보살펴주세요. 저 죽을 것 같아요.
　—애들아, 살아 나갈 수 없을 것 같으니 꿋꿋하게 살
아라.

새봄이 오는 길목, 느닷없는
그 날 그 아침의 화마(火魔)…… 칠흑 같은 어둠과
독가스 천지, 그 불길의 도가니는
우리가 불렀다. 우리 모두가 죄인이다.

전동차에 불을 지른 그 사람을
병원에서 행패 부릴 때 입원만 시켰더라면,
반대편의 전동차라도 바로 멈추거나
불붙은 전동차 옆에 서지만 않았더라면,
그뒤에도 기관사가 전원 열쇠를 뺀 채
홀로 달아나지 않고 문을 제대로 열었더라면……

누가 이 부끄러움에서 자유로울 수 있으랴.

누가 이 경악을 남의 탓으로 돌릴 수 있으랴.
우리는 사랑으로 따스하게 서로 끌어안지 못하고
나눔과 베풂보다는 차지하고 빼앗았다.
모든 걸 내 탓보다는 남의 탓으로 돌리려 했다.
위도, 아래도 자기밖에 몰랐다. 재앙의 불씨를 키웠다.

하지만 이제 와서 무슨 말이 필요하랴.
영령들이여, 오직 사랑이 넘치는 하늘나라에서,
고통 없이 아름답게 영생하시길…… 이제 우리는
촛불을 켜야 할 때, 이 슬픔과 아픔을 딛고
마음의 불을 밝혀 낮게 낮게 기도할 때.
촛불처럼 다시 일어나야만 할 때.

이름 타령

아버지의 스승이 지었다는 내 이름은
마음에 안 들어. 어릴 때부터 남몰래
몇 번이나 이름을 스스로 지었다가 지웠던가.
내가 내 이름을 미리 지을 수 없었듯이
내가 마음대로 바꿀 수도 없었지.
그래도 마음에 드는 이름을 갖고 싶었지만
그 생각마저 결국 거둬들여야 했지.
김춘수(金春洙) 선생이 '춘(春)'자보다 '태(太)'자가
나쁘지는 않다는 바람에, 마음이 약해지고
흔들렸지. 그뒤 서정주(徐廷柱) 선생이
멋지게 붙여주려 했는데도 그만두었었지.
그 내 이름도 얼마나 많이 불리웠으랴만,
요즘 새삼, 한글로는 받침 하나 없으니
세상 살아가는데도 그대로일 거라던
어떤 작명가의 말이 떠오르곤 해.
열두 살에 아버지 여읜 뒤 헤맬 대로 헤매고,
겉으로는 잘 안 보이는 상처투성이지만,
멀쩡해 보이는 겉모양과는 달리
물가의 오얏나무처럼 버텨 왔다고나 할까.
더러는 '대(大)'자보다 더 큰 '태(太)'자로,

세상 잊고 드러눕기도 했지만, 그러다
믿는 도끼에 발등 찍히고,
등 돌리는 사람들도 없지 않았지만,
나를 처음 불러준 그대로 걸을 수밖에 없었지.
언제나 큰 물가의 한 그루 오얏나무나
오얏나무로 크게 물가에 서 있으려 했을 뿐.
하늘은 흐렸다가는 이내 길 위에 햇살을 쏟아 부어
다행이라며, 누가 받침 하나 없는 내 이름을
어떻게 부르든, 많은 받침들 틈에서
가까스로 안 보이는 받침들 만들며 여기까지 왔지.
그 안 보이는 받침들 이토록 떠받치면서,
그렇지 못할 때는 무덤덤, 남은 길을
걷고 또 걸을 따름이지.
내 이름에 내가 매달리기보다는,
내게 매달리는 내 이름을
다시 바람에 실어 보내면서.
내가 거기 실리어 나를 부르면서⋯⋯

새에게
──가곡을 위한 시

새야 너는 좋겠네. 길 없는 길이 많아서,
새 길을 닦거나 포장을 하지 않아도,
가다가 서다가 하지 않아도 되니, 정말 좋겠네.
높이 날아오를 때만 잠시 하늘을 빌렸다가
되돌려주기만 하면 되니까, 정말 좋겠네.
길 위에서 자주자주 길을 잃고, 길이 있어도
갈 수 없는 길이 너무나 많은 길 위에서
나는 철없이 꿈길을 가는 아이처럼
옥빛 하늘 멀리 날아오르는 네가 부럽네.
길 없는 길이 너무 많은 네가 정말 부럽네.

* 시 「새에게」를 노래로 부르기 좋게 고쳐 썼음.

사월의 노래
——가곡을 위한 시

앞산이 걸어오네. 일요일 늦은 아침
간밤 꿈 지우고 가부좌로 앉아 있으면
가슴에 진달래, 발치엔 흐드러진 벚꽃,
'갈지'자로 앞산이 느릿느릿 걸어오네.
넓은 이마에는 구름 몇 자락 걸친 채
물소리, 새소리를 거느리고 오네.
지우다가 되레 되살아난 꿈 한 자락
베란다의 난초 꽃잎 위에 감돌고 있네.
창유리 스치던 새소리, 물소리, 바람 소리
앞산을 슬며시 제자리로 끌고 가지만
꽃피는 봄 사월 마음은 허공에 뜨고
복사꽃, 살구꽃, 매화들이 다투어 피네.
앞산이 '갈지'자로 느릿느릿 걸어오네.

그대, 꽃잎 속의
──가곡을 위한 시

꽃이 피기까지는 오래 기다렸어도
꽃잎이 지는 데는 물거품 같네.
꽃잎 속의 그대 잠시 그리워하는 사이,
그 향기 더듬어 길을 나설 사이도 없이
나의 꽃은 너무나 아쉽게 지고 마네.
그대가 처음 내 마음에 피어날 때처럼
꽃잎이 머물던 자리 아직도 아릿하건만
꽃은 져도 안 잊혀지듯이 그대 가도
안 잊혀지네. 영영 잊혀지지 않네.

꽃이 피기까지는 오래 힘들었어도
꽃잎이 지는 데는 거짓말 같네.
꽃잎 속의 그대 잠시 만나보는 사이,
우아한 자태에 젖어 머물 사이도 없이
나의 꽃은 너무나 아쉽게 지고 마네.
그대가 다시 내 마음에 돌아와 있듯이
꽃잎이 머물던 자리 아직도 아릿하건만
꽃은 져도 안 잊혀지듯이 그대 가도
안 잊혀지네. 영영 잊혀지지 않네.

부서지는 햇살처럼
──가곡을 위한 시

나뭇잎에 뛰어내려 부서지는 햇살처럼
낮게 내리어 눈부시게 부서지고 싶네
바람도 자는데 흔들거리지만 말고
반란하는 빛들 되쏘고 싶네
내리고 또 내리어 더 내릴 데가 없을 때까지
내려가서 다시 날아오르고 싶네
내려가서 다시 날아오르고 싶네
날아올라 이 세상 환하게 비추고 싶네

나뭇잎에 뛰어내려 부서지는 햇살처럼
낮게 내리어 눈부시게 부서지고 싶네
바람이 불어도 흔들거리지는 않고
이 세상 온통 밝히고 싶네
밝히고 또 밝혀도 더 밝힐 데가 없을 때까지
올라가서 다시 날아내리고 싶네
올라갔다 다시 날아내리고 싶네
날아내려 이 세상 햇살옷 되고 싶네

낮아지기와 길 찾기의 서정미학

최서림

1. 서정시와 길 찾기

서정시는 흔히 본질시학이라는 관점에서 논의된다. 이때 본질시학이라 하면 사물의 본질을 탐구하고 그것을 언어로써 모방한다는 뜻으로 사용된다. 그리고 그것은 더 나아가 삶의 일반적인 원리, 우주적인 도(道)를 뜻하는 형이상학적인 의미로까지 확장되어 씌어지고 있다. 형이상학적인 의미를 내장하고 있는 서정시라는 개념은 동서양을 막론하고 가장 오래 전부터 사용되어져 왔다.

플라톤의 시학은 전형적인 서정시학인 셈인데, 그것은 에로스라는 개념으로 설명되어진다. 불완전한 현상계에 존재하는 시인이 초월적 세계에 실재하는 존재, 즉 객관적이고도 보편적인 진리인 이데아를 모방하고 본받고 닮고 그것과 합일하고 싶어하는 욕망이 바로 에로스이다. 이 에로

스적 욕망이 서정적 동일화의 기본 원리이다. 이때의 동일화는 동화되기이다. 초월적 진리에 대한 이러한 동화되기의 열망으로 인해 부박한 현상계에 존재하는 시인은 구원을 받게 된다. 이 동화되기로서의 미메시스로부터 고전 고대 서정시학이 발생하는 것이다. 동양에서도 『주역』이나 『시경』 같은 경전뿐만 아니라, 『문심조룡(文心雕龍)』 같은 시론서 등 곳곳에 그런 형이상학적인 의미의 시학이 발견되고 있다. 여기서의 객관적이고 보편적인 진리도 미메시스의 대상이 된다. 동양시학에서는 객관적이고 보편적인 진리가 자연 안에 내재해 있다고 상정된다. 영원한 진리라고 생각되어지는 것이 내재해 있는 자연, 그것을 모방함으로써, 즉 본받음으로써, 다시 말해 그것에 동화됨으로써 부박한 현실로부터 구원을 받을 뿐만 아니라 인간 자신의 인격적인 발전도 꾀할 수 있다고 본다.

이런 의미에서 서정시는 진리, 곧 '길〔道〕 찾기'의 시학이라 할 수 있다. 그리고 그 찾아낸 길을 모방하기의 시학, 곧 그 길에 동화되기의 시학이라 할 수 있다. 특히 이 길이 객관적이고 보편적인 것이라고 생각되어질 때, 그것은 훌륭한 미메시스의 대상이 된다. 이때 길은 인간 주체에 의해 만들어지는 것이 아니라 '발견'되는 것이다. 그래서 '길 트기'가 아니라 '길 찾기'가 되는 것이다.

객관적이고 보편적인 진리에 미메시스의 토대를 두고 있는 이러한 고전주의적인 시학은 오늘날과 같이 사물들이 제자리와 제 이름을 찾지 못하고 극도의 혼란과 혼돈을 겪고 있는 시대, 새로운 구원의 가능성을 제시해주는 의미가 있다. 그리고 그것은 '명백한 진리'를 중심으로 한 총체적

질서에의 비전을 제시하기 때문에 인간적인 힘만으로는 어찌해야 좋을지 엄두도 낼 수 없는 해체를 극복하고 새로운 통합의 길을 제시하는 역할도 하고 있다.

2. 길 위에서 길을 잃다

이태수의 이번 시집의 주된 테마는 한마디로 요약하면 '길 찾기'라 할 수 있다. 그에게 있어서 길은 두 가지로 나타난다. 혼탁한 세상살이에서의 '일상적인 길'과 그 혼탁한 세상살이 가운데서 꿈꾸어보는 '초월적인 길'이다. 이때 일상적인 길은 비본질적인 것이라서 부정의 대상이 된다. 그리하여 그것은 혐기(嫌棄)의 대상이지 결코 시적 주체가 모방하고 싶어하는 이상적 대상이 되지 못한다. 그에 비해 초월적인 길은 본질적인 것이라서 시적 주체가 모방하고 본받고 싶어하는 이상적 대상으로 존재한다. 객관적이고 보편적이기도 한 이 본질적인 길, 초월적인 길은 플라톤적인 것이라서 시적 주체가 그것에 동화되기를 간절히 염원하는 것으로 나타난다. 이때의 미메시스는 인간 주체 중심이 아니라, 초월적 대상 중심으로 이루어진다. 즉 주체 중심으로 '동화하기'가 아니라, 대상 중심으로 '동화되기'로 나타난다. 이태수 시에 나타나는 이 두 가지 상반된 길 사이의 이항 대립적 구도는 긴장의 중심축으로 떠올라 시적 구조의 핵을 형성하고 있다.

길이 많아, 너무 많은 길 위에서

길을 잃는다. 눈 비비고 보아도 안 보여
비틀거린다. 붙들어도 마냥 달리고
달리면서도 멈춰 서는 저 길들…… 언젠가는
다다르고 싶은, 아득한 집, 꿈결 같은 방과
햇살 퍼덕이며 뛰어내리는
창 하나 끌어당겨 꿈꾸고 싶다.

〔……〕

날이 저물자, 새들은 허공의 길들
구부려 안은 채 나뭇가지에 걸린 제 둥지에
깃들인다. 어두워져도 여전히 길이 많아,
너무 많은 길 위에서 길을 버린다.

—「길이 너무 많아」 부분

이렇듯 서정적 자아는 길 위에서 자주 길을 잃어버린다.
그 이유는 길이 너무 많아서이다. 여기에서 '잃어버리는
길'은 서정적 자아가 진정 나아가고 싶어하는 삶의 길, 진
리의 길이다. 거기에 비해 '너무 많은 길'은 세상 속에서의
헛된 길, 거짓과 비(非)진리의 길이다. 밤마다 술을 권해
야 하고 거짓말이 난무하는, 본질적 언어가 사라지고 없는
이 삐걱거리는 세상에서(「술타령 2」) 진리의 길은 눈 비비
고 찾아보아도 안 보여서 서정적 자아는 술 취한 듯 비틀
거린다.
　　붙들어 매어도 마냥 달리고 달리면서도 멈춰 서기를 제
멋대로 하는, 이 세상 비진리의 길들이 더욱더 캄캄하고

(「술타령 8」) 혼란스러워 보이는 것은 서정적 자아가 줄기차게 찾아 헤매는 '별빛 쏟아지는 나의 집'과의 극명한 대조 때문이다. 이 '나의 집'은 시집 『그의 집은 둥글다』(1995) 이후 줄곧 나타나는 '그의 집'과 무관하지 않다. 아니 이 꿈결 같은 방과 햇살 퍼덕이며 뛰어내리는 창을 가지고 있는 '나의 집'은 언젠가는 서정적 자아가 간절하게 다다르고 싶어하는, 옥빛 하늘에 있는 아득한 '그의 둥근 집'을 모방해서 만들어낸 집이다.

이태수의 시에서 서정적 자아가 길을 잃어버리게 되는 것은 이 세상이 '흙탕물'(「술타령 7」)이라거나 '황사바람 부는 강가'(「술타령 12」)와 같다는 단순한 이유 때문만은 아니다. 한낮조차도 어두워 보이는(「만월〔滿月〕, 그리고 비」) 것은, 그리고 발을 자꾸만 헛디디고 헛손질이나 하게 되는(「달밤」) 것은 세상 자체의 혼탁함 때문만이 아니라, 둥근 '그의 집'으로부터 멀리 떨어져 있기 때문이다. 시작(詩作) 행위에 있어서 미메시스란 매우 행복한 경우이다. 모방하고 본받을 만한 대상이 있다는 것은 오늘날과 같이 '수상한 기호들'이 난무하고 '공포의 그림자들'이 득시글거리는(「서녘이 타고 있다」) 시대에, 루카치가 말하듯, 인생항로를 비추어주는 별을 발견한 것과 마찬가지다.

결국 이태수의 시에서 서정적 자아가 길 위에서 길을 잃어버리게 되는 것은, 빛이 사라진 '무명의 길'(「무채색 2」)에서 헤매게 되는 것은 궁극적으로 모방의 대상인 둥근 '그의 집'으로부터 멀리 떨어져 있기 때문이고, 동시에 '그의 집'에 이르는 진리의 길을 잃어버렸기 때문이다. 그의 초기 시에서부터 줄곧 나타나는 실존적인 불안과 우울은 바로 '그의 집'으로부터의 분리 때문이라 할 수 있다. '그'가 가까이 다가오면 길이 보이고, '그'가 사라지면 길도 함께 사라진다.

> 밤이 오면 어둠의 이랑 사이로
> 그가 돌아온다. 아득한 허공,
> 별들은 저마다 그 깊은 곳에 매달린다.
> 기다리다 지쳐 겨자씨만 해진
> 마음 한 조각, 가물거리며 떠돌 때
> 그는 불현듯, 슬며시 다가와
> 등 두드려준다(그렇게 느껴진다).
> [……]
> 어둠의 이랑 사이로 돌아가버린다.
> 가뭇없이 사라지는 그의 뒷모습,
> 별들마저 안 보이는 캄캄한 허공에
> 끝내 비워지지 않는 저 마음 한 조각,
> 이 허드레 불씨 하나.   ──「허공 1」 부분

　이태수의 시에 수도 없이 나타났다 사라지고 사라졌다가 다시 나타나는 '그'는 초월적인 존재이면서도 다소 막연하고 추상적인 존재이다. 그리하여 일종의 신적 존재인 '그'와 서정적 자아 사이의 만남과 관계도 불확실하고 막연하다. '그'는 언제나 밤이 오면 어둠의 이랑 사이로 서정적 자아를 찾아온다. 서정적 자아가 '그'를 기다리고 기다리다 지쳤을 때, 마음이 겨자씨보다도 작고 왜소해졌을 때만 찾아온다. 서정적 자아의 마음이 언제 사라질지도 모르

고 가물거릴 때 '그'는 슬며시 다가와 등을 두드려준다. 그렇게 느껴진다. 둥글어져라, 둥글어져라, 하고 '그'가 타일러도 풍란처럼 허공에다 발 뻗으며 겨자씨보다 작아지는 이 마음을 '그'도 어쩌지 못하고 돌아가버린다. 그러면 별들마저 안 보이는 캄캄한 허공만이 눈앞에 전개된다. 끝내 비워지지 않는 마음 한 조각, 허드레 불씨 하나 품고서 서정적 자아는 무명의 길, 사막의 길(「술타령 4」)을 정처 없이 헤매게 된다.

이렇게 서정적 자아가 진흙탕 길에서, 무명의 길에서 헤매며 한없이 작아지고 비루해지고 낮아졌을 때, '그'는 어김없이 나타나 위로해주고 숨은 길을 열어 보여준다. 이렇게 한없이 낮아지고 겸손해질 때 '그'에게 이르는 길을 발견하지만, '그'라는 존재 자체가 원래 막연하고 추상적이어서 불안한 서정적 자아를 확실하게 붙들어주지 못한다. 언제나 '떠다니는 말'(「술타령 8」), 비본질적인 언어가 난무하는 세상에서 이 불안한 서정적 자아는 늘 진정한 말에 허기진 '말거지'(「술타령 1」)가 될 수밖에 없다. 너무나 많은 길 속에서 진짜 길을 잃어버리게 되고, 넘쳐나는 가짜 말속에서 본질적인 언어를 구걸하러 다니는 말거지가 된다.

이 말거지가 찾는 진짜 언어를 시인 이태수는 '신성한 언어'(시집 뒤표지 글)라 부른다. 시인에 따르면 이 신성한 언어는 끊임없이 '비인간화'에 맞서면서 마주치는 것들에 대해 이해와 사랑을 가질 때, 상대방에 대해 깊이 들여다보기와 끌어안기가 가능할 때, 곧 시적 주체가 한없이 낮아지고 작아지고 겸손해질 때, 다시 말해 '그'가 찾아와줄 때 발견된다. 한편 시인의 말을 계속해서 인용하면, 정신적으로 혼탁해진 시대, 물질문명만 비대하게 발달한 시대, 근원을 향해 시대를 박차고 오르거나 거슬러 갈 때 발견되는 태초의 언어가 바로 신성한 언어인 셈이다. 정말로 이 시대 진정 생명이 있는 서정시를 쓴다는 것은, 시인의 말처럼, 현재의 탁류를 힘겹게 거슬러 올라 맑은 물이 흐르는 시원에 이르고자 하는 강력한 욕망 없이는 불가능하다. 그것은 예사의 용기와 모험과 노력 없이는 쓸 수 없다. 그것들이 빠져버리면 김빠진 맥주가 된다.

이태수의 서정시는 기본적으로 낭만적 분위기를 띠고 있다. 그래서 그는 언제나 '낙원 회복'을 꿈꾼다. 그는 요사이 대유행하는 동양적인 자연서정시에서 말하는 '낙원 발견'과는 다른 미학적 태도를 보이고 있다. 동양학에 바탕을 둔 제유적 자연서정시에는 낙원 상실 개념이 들어가 있지 않다. 여기에는 자연 그 자체가 영원한 낙원이고 언제나 우리를 둘러싸고 있다는 관념이 있다. 이때 낙원은 시적 주체가 마음만 잘 고쳐먹으면 언제나 발견되는 것으로 상정되어 있다. 잃어버린 낙원이 없기에 회복해야 할 낙원도 없다. 그것이 제유적 세계관인 데 비하여 낙원 회복을 꿈꾸는 이태수의 시적 세계관은 은유적이다.

은유란 기표와 기의가 일치되는 언어의 경지를 꿈꾸는 사고방식이다. 이태수의 말대로 신성한 언어, 곧 태초의 언어가 회복되는 것을 간절하게 바라는 이데올로기를 내장하고 있는 세계관이다. 태초의 언어가 회복되는 세계는 '그의 집'을 닮아 둥글다. 그게 바로 은유의 회복이다. 이처럼 은유가 회복되는 이상적인 서정적 경지를 이태수는 다음과 같이 제시하고 있다.

하지만 오래전처럼 여전히
'유리알의 시'를 꿈꾸기도 하지.
부드러운 힘 안으로 안으며 무르익어
건드리면 부서질 듯 투명하고 아름다운,
빈 듯 그득하고 속이 차서 터질 것만 같은⋯⋯
[⋯⋯]
발바닥까지 하늘로 밀어 올려주는,
어둠을 흔들어 깨우며 불빛이 되는,
이윽고는 나의 따뜻한 무덤이 되어줄
그런 시, '유리알의 시'를 기다리면서
더듬어 목말라 하기도 하지.
　　　　　　　—「아직도 '유리알의 시'를」부분

3. 이슬방울 안에서 길눈을 뜨다

　혼탁하고 어두운 이 세상 속에서 길을 잃어버려 한없이 작아지고 왜소해졌을 때, 그리하여 낮아지고 겸손해졌을 때, 그의 마음은 다시 커지게 된다.

　작아지고 작아진다.
　사실은 작아지지만은 않는다.

　지난밤 꿈속에서
　물방울 속으로 들어갔다.

128

풀잎에 맺힌 이슬방울, 그 조그맣게
둥글어진 빈 곳에서 눈을 떴다.
느리지 않게 아침이 오고,
뛰어내리는 햇살이 눈부셨다.　　　　　――「허공 2」 부분

봄비는 젖빛 저잣거리,
인간들 틈에서 다시 나는 작아지고
작아진다. 마침내 희미해진다. 티끌처럼
잘 보이지도 않는다. 그럴 무렵, 불현듯
느린 걸음으로 그가 되돌아온다.
잰걸음으로 내가 뛰어간다. 팔을 뻗는다.
안 깨고 싶은 이 한낮의 꿈길, 환해지는 한순간.
　　　　　　　　　　――「꿈길, 어느 한낮의」 부분

　눈을 들면 여전히 먼지바람 부는 이 세상에서 서정적 자
아의 마음은 저 망망한 허공에 떠 있는 점 하나처럼 왜소
해지고 비루해져 있다. 봄비는 저잣거리, 인간들 틈에서
작아지고 작아져서 희미한 존재가 된다. 이 티끌처럼 작아
지고 낮아진 서정적 자아는 마음을 텅 비운 겸허한 자세가
되어 지난밤 꿈속에서 물방울 속으로 들어갔다. 풀잎에 맺
힌 이슬방울, 그 조그맣게 둥글어진 빈 곳에서 눈을 뜨게
되었다. 이 순수하고 순결한 이슬방울 안에서 눈을 뜨고
바라본 세상은 느리지 않게 아침이 오고 있었고, 눈부신
햇살이 뛰어내리고 있었다. 즉 둥글어진 세상을 보게 되었
다. 각이 지고 모가 난 뾰족뾰족한 세상이 둥글어져 보인
다는 것은 서정적 자아의 마음이 한없이 넓어졌다는 것을

뜻한다. 현실 세계에서 한없이 초라해지고 작아져서 낮아질 때 정신은 거꾸로 한없이 넓어지고 높아지게 되는 법이다. 이러한 전환은 '그'가 되돌아오기 때문에 가능한 것이다. 그 순간 서정적 자아의 삶은 환해지는 것이다.

물방울 속으로 들어간다.
이윽고 투명해지는 말들.

물방울 안에서 바라보면, 길들이 되돌아와
구겨진다. 발바닥 부르트도록 걷던
그 길들 너머 또 다른 길이 열린다.

알 듯도 모를 듯도 한 나날들, 아득한 곳에서
둥글게 그가 미소를 머금고 서 있다.

—「다시 낮에 꾸는 꿈」 부분

서정적 자아가 한없이 작고 낮아진 상태에서 맑고 투명한 이슬방울 속으로 들어갔을 때, 그 둥글고 빈 곳에서 눈을 떴을 때, 새로운 길이 열리게 된다. 그 물방울 속에서 언어는 투명해진다. 즉 신성한 언어로 거듭난다. 이러한 신성한 언어, 본질적 언어를 가지고 물방울 안에서 바깥세상을 바라다보면, 다시 말해 서정적 태도로 바라보면, 길들이 되돌아와 구겨진다. 즉 인간이 중심이 되어 만들어낸 미몽의 길, 무명의 길들이 되돌아와 무기력하게 구겨진다. 발바닥 부르트도록 걷던 그 인간적인 사막의 길들 너머에 '또 다른 길'이 열리고 발견된다. 이처럼 한없이 낮아진 서정적 자아가 자기중심적 태도를 버리고 물방울 안에서 사물의 관점에서 세상을 바라볼 때, '세상으로 나아가는 새로운 길'을 '발견'하게 되는 것이다.

결국 이러한 길눈도 아득한 곳에서 둥글게 '그'가 미소를 머금은 채 서서 서정적 자아를 그윽이 바라보고 있기 때문에 가능한 것이다. 그 순간 그렇게 꿈꾸어왔던 '투명한 말들'이 비로소 '물방울'(순수하고 순결한 서정시) 되어 글썽인다. 햇살은 그 위에 찬연히 뒹굴다 굴러 떨어진다. 그리하여 서정적 자아도 눈물을 글썽이며 자꾸만 남은 햇살을 끌어당기며 자기 자신과 세상에 대한 애정을 표현하게 된다. 이러한 이슬방울 안에서 바라다본 세계는 다음의 시처럼 너무도 아름답다.

> 풀잎에 맺혀 글썽이는 이슬방울
> 위에 뛰어내리는 햇살
> 위에 포개어지는 새소리, 위에
> 아득한 허공.
>
> 그 아래 구겨지는 구름 몇 조각
> 아래 몸을 비트는 소나무들
> 아래 무덤덤 앉아 있는 바위, 아래
> 자꾸만 작아지는 나.　　　　　──「이슬방울」부분

서정적 자아가 이슬방울 속으로 들어가 발견한 길은 자연으로 가는 길이다. 그 자연으로 들어가는 길은 매우 진실된 길로 나타난다. 서정적 자아가 맑고 투명한 이슬방울 속에서 바라다본 그 자연은 생명력으로 가득 찬 소망스런 공간이다. 풀잎에는 이슬방울이 맺혀 글썽이고 있다. 그 위에는 밝은 햇살이 뛰어내리고 있다. 그 위에는 새소리가 포개어지고 있다. 그 위에는 허공이 펼쳐져 있는데, 그것은 둥근 '그의 집'이 있는 '옥빛 하늘'이다.

그 옥빛 하늘 아래에는 구름이 몇 조각 구겨지고 있다. 그 아래에는 소나무들이 한가로이 몸을 비틀고 있다. 그 아래에는 살아 숨쉬고 있는 바위가 무덤덤히 앉아 있다. 그 아래 자꾸만 작아지고 있는 서정적 자아가 있다. 구름은 옥빛 하늘에 유유히 떠다니고 소나무 가지에는 새소리가 매달리고 있다. 햇살이 곤두박질하는 바위 위 풀잎에 서정적 자아가 글썽이며 이슬방울로 맺혀 있다.

여기에서는 자연 만물들이 서로 상생(相生)적으로 조화를 이루고 있다. 자연물과 자연물의 관계만이 아니라 인간 주체와 자연물 사이에도 생명력으로 넘쳐흐르는 교감이 이루어지고 있다. 인간 주체도 자연의 일부가 되어 있는 듯이 보인다. 인간 주체 중심이 아니라 인간과 자연이 대등한 입장에서 서로 음양의 감응 관계를 맺고 있다. 인간 주체가 바위 위 풀잎에 맺혀 있는 물방울로 낮아지고 겸손해지는 순간 자연은 그의 내밀한 본질적 모습을 보여준다. 아니 자연은 이미 길을 활짝 열고 보여주고 있는데, 인간 주체가 마음을 비우고 겸허해질 때 비로소 그 길을 발견할 수 있는 것이다.

풍경시는 자연 안에 있는 나를 발견하고 나 속에 있는 자연을 발견할 때 이루어지는 것이다. 풍경시의 이념은 바로 소강절(邵康節)이 말한 바 있는 소위 이물관물(以物觀

物)의 정신 속에서 성취된다. 인간 주체를 낮추어서 자연 사물과 눈높이를 같이하는 순간 달성되는 것이다.

　이슬방울 안에서 바라다 보이는 풍경 속의 자연물들은 이른바 제유적 관계, 유기적 관계를 이루고 있는 것처럼 보인다. 우주 만물들이 각자 부분적 독자성을 지키면서도 내적으로 긴밀하게 연속되어 있는 형국처럼 보인다. 인간 주체가 자연 사물에게 자신의 입장을 강요하지 않고, 자연 물들끼리도 서로서로 자신의 입장을 강요하지 않는 것처럼 보인다. 중심이 없는 완전한 민주적 관계처럼 보인다.

　이러한 풍경은 「허공 2」 「오는 봄」 「얼음꽃」 「다시 얼음 꽃」 「청량산 그늘」 「야생화 몇 송이」 「숲 속 나라」 「솔숲」 「겨울 오후, 쉬는 날」 등의 작품에 일관되게 나타난다. 그 런데 「다시 낮에 꾸는 꿈」이나 「산길, 초록에 빨려 들다」 같은 작품을 보면 위의 작품들에서 보이는 풍경시가 단순 히 동양적 제유적인 자연서정시가 아님을 알 수 있다.

> 자그마한 창틀로 뛰어내리는 햇살.
> 마음은 벌써 뒷마당을 한 바퀴 휘돌아
> 눈길을 멀리 창밖에 던져놓고 있다.
> 다시 그는 기척도 없지만, 어느새 걸어왔는지,
> 앞산이 우두커니 앞마당에 서 있다.
> 해종일 걸어온 낯익은 길들도 문득 낯설어지고
> 나뭇잎들이 자꾸만 땅 위에 내리고 있다.
> 　　　　　　　　　　—「다시 낮에 꾸는 꿈」 부분

　위에 인용된 시처럼, 서정적 자아가 모방하여 닮고 베끼고 동화되고 싶어하는 이상적인 자연은 초월적 존재인 '그'가 있기 때문에 가능하다. '그'는 때로는 '숨은 신'으로 눈앞에서 사라지기도 하며, 때로는 '현신한 신'으로 그 모습을 드러내기도 한다. 자연 만물이 아름답게 조화를 이룬 상태에서 서정적 자아에게 미메시스의 대상으로 다가올 수 있는 것도 궁극적으로 '그' 때문이다. 초월적 존재인 '그'를 중심으로 서정적 자아를 비롯한 우주 만물이 총체적 관계를 형성하고 있는 것이다. 얼핏 보면 중심 없는 유기적, 제유적 관계 같지만, 시집 전체를 자세히 관통해보면 '그'를 중심으로 한 총체적, 은유적 관계가 보인다. 마치 렘브란트의 풍경화를 보는 것 같다. 렘브란트는 단순히 풍경화로 보이는 그림을 통해서 절대자의 자연계시를 표현한 셈이다.

시적 화자가 보여주는 이상적인 자연 세계는 앞으로 이 땅에 회복되어질 낙원의 모습을 미리 예시하고 있는 것이라고 해석할 수 있다. 초월적 존재인 '그' 안에서 회복되어질 낙원으로서의 이상적 자연은 서정적 자아에게 미메시스를 위한 훌륭한 대상이 된다. 초월적인 중심 없이 이루어지는 제유적 세계관보다는 확고한 중심이 있는 은유적 세계관이 해체가 가속화되는 시대에 더 큰 응전력(應戰力)을 확보할 수 있을 것이다. 그런데 아직까지 '그'는 너무도 막연하고 추상적인 존재로 머물러 있다.

4. 탄탄한 생명의 길을 발견하다

　지금까지 이태수의 시에 보이는 '그'는 초월적 존재로서 은유적 총체적 비전을 제시해주면서도 막연하고 추상적인 성격 때문에 서정적 자아와도 막연하고 불확실한 관계를 맺고 있었다. '그'가 나타나면 서정적 자아에게 '길'이 발견되고, '그'가 사라지면 길도 잃어버리게 된다.

　그러다가 제5부에서 그는 가톨릭적인 신앙시도 몇 편 선보이고 있는데, 여기서는 앞의 막연한 초월적 존재인 '그'와 다른 구체적인 인격을 지닌 절대적 존재가 나타나는 편이다. 그 구체적인 인격을 갖춘 절대적 존재는 서정적 주체에게 확실하고 탄탄한 생명의 길로 나타난다. 여기서 그 길은 발견되다 사라지다를 반복하는 그런 막연하고 추상적인 길, 불확실한 길이 아닌 형국이다.

　　　그 큰 별 하나 여태 환하게 빛을 뿌리며
　　　가위눌리고 이지러진 우리의 꿈에
　　　새 날개를 돋아나게 하고, 이제야 둥글고 따스한
　　　세상, 오로지 생명과 사랑의 나라로 트인 길을
　　　그리스도와 함께 나아가게 하고　　　―「성탄의 별」 부분

　"딸꾹질 자주 하는 한반도의 헐벗고 버림받고 병든 우리 이웃"에게 빛이요, 진리요, 생명의 길로 온 예수 그리스도는 서정적 자아에게 훌륭한 미메시스의 대상이 될 수 있을 것이다. 이러한 신앙시에서 서정적 자아는 가끔 그 확실하

고 탄탄한 생명의 길을 모방하고 본받고, 그것에 동화되고
자 하는 모습을 보여주기도 한다. 그럴 때 서정적 자아는
그 절대자 앞에서 자신을 한없이 낮추고 마음을 비우고 있
다(「가까스로 당신 안에서」).

이처럼 자신을 한없이 낮추고 비우는 서정적 자아의 마
음에 초월적 절대자는 한 그루 우람한 회화나무로 우뚝 서
있게 된다(「회화나무 한 그루」). 이 회화나무는 우주의 중
심이 되고, 우주 만물은 그 회화나무를 초월적인 중심으로
삼아 총체적 은유적 세계를 형성하게 된다. 이때 회화나무
는 낙원 회복의 동력인이 되고 목적인이 된다.

이것은 제유적 세계관으로 되어 있는 동양시학에서는
볼 수 없는 목적론적 세계관의 특징을 지니고 있다. 초월
적 중심이 분명한 길로 존재하는 이러한 종교적인 시학은
해체화가 가속화되는 시절, 하나의 새로운 대안이 될 수도
있을 것이다. ▨